KB121137

이것이 법이다 168

2023년 9월 20일 초판 1쇄 인쇄
2023년 9월 25일 초판 1쇄 발행

지은이 자카예프
발행인 강준규

기획 이기헌 왕소현 임동관 박경무 강민구 조익현
책임편집 최전경
마케팅지원 이원선

발행처 (주)로크미디어
출판등록 2003년 3월 24일
주소 서울시 마포구 마포대로 45 일진빌딩 6층
Tel (02)3273-5135 Fax (02)3273-5134
홈페이지 rokmedia.com E-mail rokmedia@empas.com

ⓒ 자카예프, 2015

값 9,000원

ISBN 979-11-408-1361-2 (168권)
ISBN 979-11-255-9575-5 04810 (세트)

이것이 법이다

168

자카예프 장편소설

ROK
MEDIA

로크미디어

CONTENTS

법에는 구멍이 있다   7

이게 이렇게 튀나?   55

민주주의는 완벽한 게 아니다   87

변호사와 사기꾼은 한 끗 차이   121

일단 내부 청소부터   153

탈레반, 털리나요?   197

근본을 막아야지   237

이제 마무리 지어 볼까?   271

법에는 구멍이 있다

모든 법에는 구멍이 있다고 한다.

그리고 그 구멍을 메꾸기 위해 국회의원들은 노력해야 한다.

하지만 현실적으로 정부가 구멍을 메꾸려 하는 경우는 무척이나 드물다.

"도대체 왜 그러는지 모르겠어."

서세영은 이해가 안 간다는 듯 말했다.

자신이 생각하기에는 이제 시간이 지난 만큼 공신력을 부여해도 될 것 같았으니까.

"6.25 때 이야기잖아! 그게 벌써 몇 년 전인데."

"이제 약 70년 전이라고 봐야 하지."

"그 정도 지났으면 법으로 등기부 등본에 공신력을 부여해야 하는 거 아니야?"

사실 서세영의 말도 틀린 것이 아니다. 실제로 그게 가능한 시점이니까.

무려 70여 년 전의 일로 땅 내놓아라를 시전한다 한들 법원에서 인정해 주지 않는다.

즉, 지금 있는 땅의 소유권을 증명하는 부동산 등기에 공신력을 부여해도 문제가 없다는 거다.

"뭐, 뻔한 거 아니겠어?"

"책임지기 싫어서 그런다?"

"정답."

만일 공신력을 부여하면 그때부터는 정부에서 어느 정도의 책임을 져야 한다.

"그런데 그 과정이 너무 복잡하거든."

"복잡할 게 뭐가 있어? 배상만 제대로 해 주면 되는 거잖아."

서세영은 고개를 갸웃했다.

"그게 아니지. 이런 등기를 하기 위해서는 사실 확인이 필수잖아."

공신력을 확보하는 단계에서 단순히 신고에만 의존한다면 100% 정부의 과실이 된다.

그리고 공신력이라는 것은 정부의 검증을 거쳤다는 뜻이다.

"생각해 봐. 그 검증 절차에 얼마나 많은 인력과 예산이 필요하겠어?"

"예산…… 아…….”

"그래, 예산. 그게 문제야.”

누군가 속이려고 작정하고 부동산 등기를 올린다고 치자. 그러면 그걸 단순히 전화 한 통으로 확인할 수 있을까?

아니다. 은행에도 공식적으로 담보에 대해 확인 요청을 하는 등 다양한 절차를 거쳐야만 확인이 가능하다.

"정부에서 말하는 온갖 복지랑 비슷한 거야.”

"복지?”

"그래. 정부에서 복지 운운하면서 가장 많이 하는 실수가 그거거든.”

복지 정책을 만드는 건 좋다.

하지만 정책을 만들면 그 정책을 집행할 공무원을 뽑든가, 필요한 만큼 인원을 확충해야 한다.

하지만 정부에서는 계획만 세우고 복지 담당 공무원들에게 떠넘긴다.

"오죽하면 복지 공무원이 가장 기피되는 보직이겠어?”

"끄응, 그건 생각 못 했네.”

"그게 현실과 정책의 괴리지.”

한국에는 수많은 복지 정책이 있다. 하지만 대부분의 사람들은 모르고, 이를 굳이 홍보하지도 않는다.

복지와 관련된 인원이 부족하니 홍보도 지원도 안 되는 거다.

그래서 한쪽에서는 복지 예산이 남아도는데 한쪽에서는

복지 혜택을 제대로 받지 못한 사람이 굶어 죽는 게 한국의 현실.

그리고 노형진이 보기에는 부동산 등기에도 비슷한 문제가 있었다.

하지만 그걸 어떻게 해결해야 할지 정부에서는 생각도 하지 않고 있다.

"그리고 애석하게도 당하는 사람은 극소수니까."

"무슨 소리인지 알겠네."

만일 피해자가 엄청나게 많다면, 그래서 사회적으로 공분이 계속된다면 정부 입장에서는 어떻게 해서든 그걸 공론화했을 거다.

하지만 피해자가 극소수이다 보니 신경도 쓰지 않는 거다.

"거기다가 피해자들은 대부분 가난하고 힘없는 사람들이니까."

만일 돈과 권력이 있는 사람이 그런 일을 당했다면 어떻게 되었을까?

가령 권력이 있는 사람이 산 집이 알고 보니 담보가 있는 집인데 그걸 몰랐다면?

"뻔하지."

재판부는 그 사람을 보호했을 거다.

애초에 은행에서 그 사람에게 담보를 요구하지도 않았을 거다. 찍히면 손해가 수백억대로 나올 수도 있으니까.

"지랄 같다, 진짜."

서세영은 요즘 생각이 많아졌다.

분명히 법은 공정하다고 배웠다.

하지만 막상 실전에 나와 보니 법은 공정할지언정 법을 집행하는 인간들은 공정하지 않았다.

"그러면 이제 김진필은 어쩔 건가?"

조용히 듣고 있던 김성식이 걱정스럽게 물었다.

다급하게 합의하고 풀려난 김진필은 어찌나 급했던지 한국으로의 강제송환을 막기 위해 자기가 걸어 둔 소송을 취하하지도 못하고 한국으로 도망치다시피 입국한 상황이었다.

"뭐, 이해는 가요."

빼돌린 돈으로 호화롭게 살던 인간에게, 매일같이 강간당하는 필리핀의 감옥은 떠올리기도 싫을 만큼 끔찍했을 테니까.

"더군다나 에이즈가 두려운 상황에서는 더더욱 그럴 겁니다."

아직 확진되지는 않았다지만 필리핀 구치소에 오래 있을수록 에이즈에 감염될 확률은 기하급수적으로 높아질 수밖에 없는 데다, 만에 하나 확진된다 해도 제대로 된 치료를 받기 위해서는 한국에 와야 하니까.

"가장 좋은 방법은 강선팔 씨가 그놈을 야쿠자에게 넘기는 거죠."

한국에는 사기꾼이 과거보다 많이 줄었다.

웃긴 건, 한국 정부나 경찰이 그들을 철저하게 단속하거나 처벌을 강화해서가 아니라는 것이다.

노형진이 야쿠자와 손잡고 사기꾼들을 강제로 일본의 핵발전소 재건 사업에 노동력으로 끌고 갔기 때문이었다.

정확하게는 강제로 끌고 갔다기보다는, 그 채권을 야쿠자가 싼 맛에 사 간 뒤 그걸 토대로 극단적인 위험을 가하는 거지만 말이다.

하지만 김성식의 의견은 부정적이었다.

"뭐, 보통은 찍소리도 못 하지만 이번에는 안 통할걸. 야쿠자라 해도 결국 일본 애들 아닌가? 한국에서는 힘을 못 쓰지."

"하긴, 그건 그렇죠."

보통은 일본으로 끌고 가기 위해 온갖 협박을 가해, 진짜로 죽을지도 모른다는 생각에 다들 덜덜 떨면서 돈을 토해낸다.

하지만 그런 사기꾼들은 소액, 정확하게는 자신을 지킬 수 없는 부류가 대부분이다.

금액이 많거나 경찰의 비호를 받는 경우 야쿠자들도 데려가는 걸 꺼린다.

"더군다나 강선팔 씨는 돈을 받아 내겠다고 계속 저러고 있으니, 원."

"포기하기에는 적은 돈이 아니지 않습니까?"

한 2~3천만 원 정도면 화가 나서 인생 조져 버리겠다고 그 돈을 포기하고 야쿠자에게 채권을 넘기는 사람들이 적지 않지만 수백억 단위가 되면 진짜 포기할 수가 없게 된다.

"그러니까 그걸 가지고 와야지요."

"하지만 한국의 법이 어떤지 알지 않나?"

사기 금액이 무려 280억이다.

그런데 한국에서 사기로 처벌을 내린다면 어떨까?

애석하게도 3년 형 이상 나올 가능성은 거의 제로라고 봐도 과언이 아니다.

"더군다나 이번에 붙은 곳이 법무 법인 태양이란 말이지."

"태양이라……."

그 말에 노형진은 쓰게 웃었다.

어떻게 보면 자신의 장인이 하는 곳이니까.

하지만 애석하게도 결혼 허락은커녕 마지막으로 얼굴 본 게 언제인지도 가물가물할 지경이다.

'하긴, 내가 철천지원수이기는 하지.'

손하균에게 있어 노형진은 자신의 단란한 가정을 망가트린 악마일 뿐이다.

딸인 손채림에게 나쁜 물을 들이고, 이혼소송할 때 아내의 변호사를 맡았으며, 자신의 재산을 왕창 빼앗아 가기까지 했으니까.

"어쩌다 태양이 이런 사건까지 맡게 된 건지……."

"진짜로 몰락하는 중이니까. 이제는 석양이라고 봐도 무방하죠."

"석양이라……."

과거에 잘나가던 태양이었으나 그들을 밀어주던 정권이 쿠데타로 찍혀서 날아간 후로 그들에게 중요 사건을 맡기는 사람은 거의 없었다.

전 같았으면 이런 사건은 자존심 상한다면서 돈이 돼도 안 할 놈들이 바로 태양이었다. 그러나 이제는 돈만 되면 뭐든 하는 곳이 되어 버렸다.

"뭐, 그래도 썩어도 준치라고 하지 않나?"

"그건 그렇죠."

확실히 그렇기는 하다.

사기죄는 10년 이하 징역, 2천만 원 이하 벌금형이다.

그런데 태양에서 힘을 쓰면 3년 이상 나오기가 힘들 거다. 이미 태양은 사방에 로비를 하면서 돈을 뿌리고 있다니까.

"하지만 공략 대상은 김진필만이 아니니까요."

"아니라고?"

"네. 사실 저는 김진필을 사기죄로 처벌할 생각이 없었습니다."

"뭐?"

그 말에 김성식도, 서세영도 눈동자가 흔들렸다.

"오빠, 그게 무슨 말이야? 범죄자를 처벌하지 않겠다고?"

"응. 정확하게는, 김진필에게 배신할 기회를 주려는 거야."

"배신할 기회?"

"그래."

잠시 생각에 잠겼던 김성식이 미간을 찡그리며 물었다.

"자세하게 이야기해 보게나. 난 전혀 모르겠는데?"

"문득 이런 생각이 들더군요. 무려 280억짜리 건물이, 김진필의 명의로 되어 있었다."

"그건 이미 아는 거 아닌가?"

"맞습니다. 그런데 그게 사실은 동생의 재산이었다고 했죠?"

"그랬지."

"그 사실을 동생은 어떻게 몰랐을까요?"

"응?"

"모를 수도 있지 않아? 보통은 본인의 등기부 등본을 직접 떼어 보거나 하지는 않잖아."

그 말에 노형진은 고개를 흔들었다.

"물론 그건 그렇지. 하지만 생각을 해 봐. 동생은 280억짜리 빌딩을 쥐고 있는데 그 형은 땡전 한 푼 없는 거지라는 게 말이 돼?"

"그게 왜 말이 안 되나? 물려받은 재산을 동생은 잘 지켜서 불리고 형은 날려 먹었을 수도 있지."

"그렇죠."

그 말에 노형진은 고개를 끄덕거렸다.

확실히 그런 상황도 가능하기는 하다.

그랬기에 노형진은 이미 그들 형제에 대해 조금 조사한 상태였다.

"그런데 말이죠. 그 김진필의 동생인 김우필도 원래는 딱히 재산이 많지 않았더군요."

"재산이 많은 게 아니었다고?"

"네. 부모도 딱히 돈이 많은 사람들이 아니었습니다. 지극히 평범한 사람들이었지요. 재산 내역도 중산층 정도였고요."

"로또라도 된 건가?"

"요즘은 로또 돼도 280억짜리 빌딩은 못 산다."

로또도 잘해 봐야 14억 정도니까.

"사업을 잘해서?"

"그랬으면 이미 유명해졌겠지. 한국의 투자 천재, 뭐 그런 식으로."

"흠."

다들 김우필을 그저 피해자라고만 생각하고 있었다. 그런데 노형진의 생각은 달랐던 거다.

"그래서 좀 알아봤습니다. 직업이 IT 전문가더군요."

"IT 전문가?"

"네. 정확하게는 프로그래머더군요. 실제로 레드링이라는 회사에서 연봉을 2억 받고 있고요."

"레드링? 처음 들어 보는 곳이군."

"맞습니다. 그게 이상하더군요. 거기는 파는 게 없거든요."

"뭐?"

그 말에 두 사람 다 어리둥절한 얼굴이 되었다.

어떻게 상품도 없는 회사에서 직원에게 연봉을 2억이나 준단 말인가?

"심지어 그 회사 소재지는 빈 원룸입니다."

"빈 원룸?"

"네. 이제는 사라진 대학 근처예요."

대학이 사라지면 그 주변에 있던 원룸 같은 수많은 생활공간들은 가격이 가파르게 떨어진다.

당연하다. 원하는 사람이 없으니까.

"그러면 가짜라는 소리인데, 그런 곳에서 일하면서 2억을 받는다고?"

"네. 그런데 그 김우필이라는 인간, 실제로 프로그래머는 맞습니다. 그것도 제법 실력이 있는 프로그래머예요. 대기업에서 일했습니다."

그것도 팀장급으로 말이다.

그 정도면 실력도 실력이지만 경력도 상당 부분 인정되어야 한다.

"재미있는 건 그 회사가 게임 회사라는 거죠."

"게임 회사?"

"음."

그게 뭘 의미하는지 몰라서 고개를 갸웃하는 서세영.

하지만 경험이 많은 김성식은 노형진의 말이 뜻하는 바가 무엇인지 직감적으로 느끼고 있었다.

"설마, 사설 도박 사이트?"

"정답입니다."

"네? 사설 도박요?"

"그래. 사설 도박 사이트가 뭔지는 서 변호사도 알지?"

"네, 알아요. 그런데 그게 이번 일과 무슨…… 아하!"

"자네 생각이 맞아. 사설 도박 사이트는 돈을 많이 벌지."

정부에서는 어떻게 해서든 그걸 잡으려 하지만 쉽지 않다.

실제로 과거 마늘밭 뭉칫돈 사건도 사설 도박의 수익을 감추기 위해 땅속에 파묻었다가 벌어진 일이었다.

"한국의 게임 회사들은 사실상 도박 회사처럼 운영되니까."

온갖 확률과 장난질로 운영되는 도박이나 다름없는 한국의 게임 회사 출신이니 그런 시스템에 대해 잘 알 수밖에 없다.

"그러면 2억이라는 연봉은?"

"말 그대로 그런 자신을 감추기 위한 장치일 거야."

무직에 돈만 펑펑 쓰면 의심받기 쉬우니까.

"거기다 그 레드링이라는 회사는 한국계도 아니고."

회사의 국적은 솔로몬제도인데 본사의 소재지는 한국의 작고 허름한 원룸이다. 그야말로 말도 안 되는 소리다.

사실 애초에 솔로몬제도에 뜬금없이 IT 기업이 있다는 것 자체가 탈세와 국가의 추적을 피하기 위한 수단이라고 볼 수밖에 없다.

전 세계에서 그러한 목적으로 가장 많이 모여드는 곳이 바로 솔로몬제도이고, 실제로 그런 돈으로 굴러가는 나라이니까.

　즉, 솔로몬제도에 자리 잡았다는 것 자체가 거의 100% 구린 부분이 있다는 의미라고 봐도 무방했다.

　"그러니까 김우필이 사설 도박장을 운영해서 산 건물을 김진필이 사기 쳐서 팔았다는 건가?"

　"아니."

　"아니라고?"

　"그래. 나는 둘이 한패거리라고 생각해."

　그 말에 서세영은 충격을 받은 얼굴이 되었다.

　김성식조차도 그건 생각지 못했다는 표정이었다.

　"한패거리?"

　"네. 그런 생각이 들더군요."

　범죄라는 건 양심을 버리는 행위다. 그리고 한 번 선을 넘으면 그다음은 너무나 쉽다.

　"아무리 김우필의 범죄 가능성이 의심된다 해도 갑자기 사기로 방향을 틀다니, 방향성이 너무 다른 것 같은데?"

　보통 범죄자들은 각자 전문 영역이 있다.

　사기를 치던 놈이 절도를 하지는 않으며, 반대로 절도를 저지르던 놈이 사기를 치지는 않는다.

　"보통은 그렇지. 하지만 김진필의 본업이 부동산 업자라고 해도?"

"뭐?"

"그놈이 부동산 업자였다고?"

"그래. 뭐, 장사가 안돼서 진즉 망한 것 같지만."

하지만 김진필의 기록을 보면 분명 그에게 공인중개사 자격증이 있는 걸 확인할 수 있다.

"우연치고는 공교롭군."

생각해 보면 그렇다.

부동산 등기에 공신력이 없다는 정보는 일반인은 잘 모른다. 변호사나 부동산 업자가 아니고서야.

심지어 부동산 업자들조차도 그런 정보는 잘 모르는 경우가 많다.

"280억짜리지. 하지만 사기 한 번만 잘 치면 560억이 되는 거지."

갑자기 생긴 빌딩. 그리고 사기를 칠 수 있는 법적인 지식. 실제로 이루어진 범행.

과연 이게 우연일까?

노형진은 그렇게 생각하지 않았다.

"거기다 보통 피해자를 의심하지는 않으니까."

"그건 그러네만……."

김성식은 인정한다는 듯 고개를 끄덕거렸다.

노형진의 말을 들으며 곰곰이 생각하던 서세영이 한결 가벼워진 얼굴로 입을 열었다.

"이렇게 되면 확실히 사건 해결이 쉬워지겠네요?"

"하지만 그걸 증명할 방법이 없지 않나?"

서세영의 말대로 이게 사실이라면 사건은 간단해진다.

사기를 쳤다는 것 자체가 결국 김우필이 명의 이전에 실질적으로 동의해 줬다는 뜻이니 김진필에게로 넘어간 명의는 공식적으로 합법이 된다.

당연하게도 김진필에게서 명의를 넘겨받는 행위도 합법이 되며, 건물은 자연스럽게 강선팔의 소유가 된다.

"그리고 의심하는 건 그것만이 아니야."

"아니라고?"

"이번에 김진필이 변호사비를 냈잖아."

태양은 비싸다.

아무리 사정이 급해지는 바람에 돈이 되는 사건은 다 받는다지만 그들은 결코 싼 놈들이 아니다.

도리어 더더욱 악착같이 돈이 되는 사건만 받아들이고 있다.

"그 돈이 어디서 왔겠어?"

김진필은 필리핀에서 질질 끌려 들어왔다.

한국 내 계좌는 이미 동결된 지 오래다. 하지만 그 돈을 필리핀의 집에 보관한 건 아니었다.

필리핀에서 수백억의 돈을 집에 현금으로 보관한다?

가지고 나갈 방법을 고민하기 전에 목숨을 부지할 수 있을지부터 고민해 봐야 한다.

"설마……?"

"그래. 솔로몬제도에 있는 은행에서 계좌 이체되었지."

"허?"

과연 솔로몬제도에 있는 은행에서 돈이 옮겨지는 방법을 아는 사람이 얼마나 될까?

"거기다 솔로몬제도에 있는 은행은 한둘이 아니란 말이지."

솔로몬제도는 돈을 빼돌리는 곳으로도 이용되지만 탈세를 위해 등록하는 방식으로도 이용된다.

당연히 거기에 적을 두고 은밀한 돈을 유통하는 은행이 한둘이 아니다.

그럼에도 불구하고 김진필과 김우필은 같은 은행을 사용한다.

"우연 같지는 않네."

"맞아. 중요한 건 그거지, 계좌가 드러났다는 것."

"그러면 그걸 압류해야 하나?"

"되겠냐?"

"하긴, 될 리가 없겠네."

솔로몬제도는 한국에서 어쩔 수 없는 외부의 조직이다.

한국에서 압류를 걸고 싶어도 걸 수가 없다. 한국이 아니니까.

그걸 알기에 범죄자들이 솔로몬제도 같은 곳을 이용하는 거다.

"하지만 방법이 없는 건 아니지."

"어떻게 말이야?"

"역외 탈세."

사기는 처벌이 약하다. 기껏해야 3년 형이 나올 거다.

그에 반해 역외 탈세의 경우 10억 이상일 때는 5년 이상의 징역부터 무기징역까지 가능하다.

심지어 벌금도 2~3천만 원 등의 어정쩡한 금액이 아니라 최소 두 배 이상에서 최고 다섯 배 이하의 금액이 나올 거다.

"김진필은 벌금이 얼마나 나올까?"

"그거야……."

실제로 김진필은 건물을 팔자마자 세금도 내지 않고 바로 해외로 튀었다.

이런 경우 적용되는 세금은 양도소득세다.

양도소득세란 간단하게 말해서 거래 차액에 대해 내는 세금이다.

가령 100억짜리 건물을 나중에 150억에 팔 경우, 차액은 50억이 된다. 그러면 정부는 그 50억에 대해 세금을 부과한다.

그리고 양도소득세의 기본 세율은 상황마다 다르지만 이번 경우는 최대 구간인 45%가 된다.

문제는 김진필의 경우는 돈을 한 푼도 안 들였다는 거다.

즉, 280억이 통째로 세금 대상이니, 경비를 빼고 온갖 수를 다 써도 결국 수익이 250억은 나올 거다.

그럼 그 250억을 기준으로 기본 세율 45%를 적용하면, 내
야 하는 세금은 112억 5천만 원.

그런데 두 배면 225억이다.

문제는 해외로 역외 탈세를 시도하면 그 금액은 최소한 두
배 이상이 된다는 거다.

"이건 태양이라고 해도 해결 못 해."

왜냐하면, 사기는 처벌의 문제이고 로비를 통해 형량 자체
는 줄일 수 있다. 아마 태양이 로비만 잘한다면 벌금으로 끝
날지도 모른다.

"하지만 국세청의 경우는 이야기가 다르지."

법적으로 두 배 이상을 요구하게 되어 있다.

'최소' 두 배다.

"그러면 한국 국세청에서는 환수를 시도하겠군."

"맞습니다."

그리고 이 문제는 더 이상 개인의 사기 행각이 아니라 국
가 간의 문제가 된다.

대한민국 정부에서 솔로몬제도에 환수를 시도하면 솔로몬
제도는 쉽게 돈을 빼 주지 못한다.

왜냐하면 그 돈의 주인이 애매해지니까.

"솔로몬제도 등 해외 탈세의 핵심은 계좌가 드러나지 않는
거거든."

실제로 해외 탈세용 은행들을 상대로 정부가 '누구누구 씨

계좌 있습니까?'라고 문의해 봐야 '우리는 비밀 엄수 조항에 의거하여 사용자의 정보를 제공하지 않습니다.'라고 답변이 돌아와 버리면 도리가 없다.

"하지만 계좌 번호가 있다면 다르지."

계좌 번호를 은행에 제공하며 '이 계좌는 환수 대상이므로 출금을 막아 주세요.'라고 요청하는 건 아무리 탈세용 은행이라고 해도 절대로 무시 못 한다.

그런 짓을 했다가는 진짜로 은행의 신용이 바닥을 치게 되기 때문이다.

계좌 번호가 비밀인 것과 드러난 후에도 지급하지 않는 건 전혀 다른 문제다.

"김진필은 멍청한 짓을 한 거네."

"그러니까."

노형진은 그렇게 말하면서 씩 웃었다.

"우리 태양에서 과연 어떤 대답이 나올지 모르겠네?"

"어째서?"

"금액이 너무 크잖아. 이거 돈 받을 수 있겠어? 후후후."

"뭐? 역외 유출? 탈세?"

손하균은 눈썹을 꿈틀거렸다.

생각지도 못한 일이 터졌기 때문이다.

"네, 지금 국세청에서 연락이 왔습니다. 역외 유출 및 탈세 혐의가 따로 붙었다고요."

"아니, 여기에 왜 갑자기 탈세가 붙어?"

이 사건은 명백하게 사기 사건이다. 그리고 그 사건에 맞게 적당히 형량을 깎아 주면 되는 일이었다.

"새론에서 탈세로 인한 이의신청을 냈답니다."

"새론?"

그 말에 손하균은 뒤통수가 얼얼해졌다.

'이 새끼들이 또?'

매번 이런 식이다.

새론과 엮일 때마다 놈들은 늘 자신이 생각지도 못했던 방식으로 뒤통수를 후려치곤 했다.

"이런 젠장."

이러면 상황이 꼬여 버린다.

"어떻게 생각해?"

간단한 질문이었지만, 유능한 변호사인 담당 변호사는 참담한 얼굴로 답했다.

"이건 빼도 박도 못하게 컨트롤이 불가능합니다."

"역시 그렇군."

사기가 성립되는 순간 김진필의 계좌에 대한 정부 차원에서의 환수는 불가능해질 거다.

왜냐하면 정당한 수익이 아닌 사기를 통한 수익인 만큼 피해자에게 돈을 돌려줘야 하기 때문이다.

하지만 어떻게 로비를 해서 기적적으로 사기가 아님을 증명한다 해도, 이미 솔로몬제도로 돈을 빼돌린 뒤이기에 최소 두 배 이상의 세금이 기다리고 있다.

"280억인가?"

그러면 못해도 세금만 225억이 나올 거라는 소리다. 그것도 최소.

문제는 두 배가 될지 세 배가 될지 알 수 없다는 것.

당연히 정부에서는 해당 계좌 자체를 봉쇄해 버릴 거다.

즉, 계좌를 다 털어 봐야 돈이 안 된다는 것.

"미쳤군."

만일 새론에서 법원의 명령을 받아 솔로몬제도의 해당 계좌에 가압류를 걸 경우 못해도 6개월이 걸리는 온갖 복잡한 과정을 거쳐야 한다.

가압류의 효력이 발생하려면 솔로몬제도의 법원으로부터 승인을 받아야 하는데, 그러자면 먼저 한국에서 재판한 다음 그 재판 결과를 토대로 다시 솔로몬제도의 법원에서 승인받기 위한 재판을 해야 하기 때문이다.

하지만 국가 대 국가의 문제라면 이야기가 달라진다. 왜냐하면 솔로몬제도는 한국 정부와 특약이 되어 있기 때문이다.

정확하게는 과거와 다르게 탈세 국가들이 누가 뭐라고 하든 쌩까는 게 불가능해졌기 때문이다.

　전에는 다른 나라에서 뭐라고 하든 '응, 조까.'를 시전할 수 있었지만, 지금은 전 세계의 압박 때문에 탈세자에 대한 정보를 대놓고 제공하지는 못하더라도 최소한 상대 정부의 요청에 따라 압류는 해 놓는 상황이다.

　그럴 수밖에 없는 게, 아무리 나라 경제를 살리려고 그런 탈세 방식을 유지한다고 해도 세상이 점점 하나가 되어 가면서 각국의 압박의 규모가 더더욱 커지다 못해 단일화되기 시작했기 때문이다.

　전에는 프랑스는 프랑스, 독일은 독일대로 개별적 압박이 이뤄졌지만 이제는 유럽 전체가 함께 압박하는 상황이다 보니 가난한 나라인 솔로몬제도는 어느 정도 고개를 숙일 수밖에 없었다.

　"정부의 말에 의하면 바로 환수에 들어갈 거라고……."

　"망할 국세청 새끼들!"

　한두 푼도 아닌 무려 225억이라면 이야기가 다르다.

　아마 눈깔 까뒤집고 달라고 지랄 발광할 거다.

　"우리 돈은?"

　태양이 받는 돈은 최소한 20억 이상은 되어야 한다.

　실제로 계약서상 청구될 금액이 20억이다.

　문제는, 그 금액을 일시불로 주는 인간은 없다는 거다.

　일부를 먼저 주고 나머지는 승소 비용이라는 이름으로 나중에 주는 형태가 일반적이다.

20억을 몽땅 지급한 후에 변호사가 사건을 대충 처리해 버리면 자기 인생만 조지는 셈이 되니까.

"일단 우리가 받은 초기 금액은 1억입니다."

고작 1억.

그 말에 손하균은 눈을 찡그렸다.

"장난해?"

물론 그것도 작은 돈은 아니다.

하지만 여기에는 다른 문제가 있었다.

"그러면 로비 비용은 어쩌라는 거야?"

이 정도 사건을 덮기 위해서는 단순히 말만 잘해서는 안 된다.

막대한 로비 비용이 필요하고, 태양 측에서는 이를 최소 3억 이상 예상하고 있었다.

"더군다나 국세청 새끼들도 끼어 있다며?"

국세청의 경우는 법원보다 훨씬 더 많이 쥐여 줘야 한다.

왜냐하면 법원의 경우는 내부에서 코에 걸면 코걸이 귀에 걸면 귀걸이식으로 판결해 줄 수 있지만 국세청은 법 자체가 엄청 빡빡하게 되어 있기 때문이다.

당장 이번 사건도 추징금이 탈세액의 최소 두 배라고 명시되어 있다.

그걸 제대로 적용하지 못하게 하려면 정말로 수십억은 쥐여 줘야 한다.

돈을 관리해서 그런지 돈 욕심은 더럽게 많은 놈들이니까.

225억짜리 세금을 처맞을 것이냐, 아니면 수십억의 뇌물을 줄 것이냐.

누구라도 당연히 후자를 선택할 것이다.

그런데 문제는 이거다.

"그 돈, 그 새끼가 줄 수 있겠어?"

"불가능하겠지요."

이미 계좌가 묶여 있을 테니까.

솔로몬제도에서는 국가 간 분쟁을 피하기 위해서라도 풀어 주지 않을 거다.

문제는, 아무리 태양이 로비에 도가 텄다 해도 솔로몬제도에는 아무런 선도 없으며, 설사 만든다 해도 배보다 배꼽이 큰 셈이라는 거다.

선을 만들려면 돈도 많이 드는 데다, 한국과 적대하는 상황을 감수하고서라도 풀어 달라고 요청하려면 그에 합당하는 상대편의 요구를 받아들여야 하기 때문이다.

"허허허."

손하균은 헛웃음이 나왔다.

"탈세라니. 이런 염병할 놈."

그는 고개를 흔들며 말했다.

"김진필에게 어떻게 해서든 돈을 내놓지 않으면 우리는 이쯤에서 손 뗀다고 해."

"알겠습니다."

미쳤다고 손하균이 로비 비용을 자신이 부담하겠는가?

하지만 이런 사건은 로비 없이는 이기는 게 불가능하다.

"이런 식으로 뒤통수를 치다니."

그리고 손하균은 이 상황을 해결할 수가 없었다.

문득 그런 생각이 들자 손하균의 입가에 쓴웃음이 지어졌다.

만일 자신이 노형진이었다면 과연 이런 방법을 생각해 낼 수 있었을까?

아니다. 못했을 거다.

그리고 동시에 의문점도 생겼다.

"이대로라면, 잘못하면 땡전 한 푼 돌려받지 못할 텐데. 그 새끼는 대체 뭘 노리는 거지?"

여전히 노형진의 계획을 알 수 없었던 그는 갈수록 머릿속이 복잡해지기만 했다.

⚖️

"나는 돈이 없다니까요."

"죄송합니다만 그러면 우리는 도와드릴 방법이 없습니다."

김진필은 미칠 것 같았다.

탈세를 이유로 계좌가 봉쇄되는 것은 단 한 번도 생각해 보지 못한 부분이었으니까.

"저, 그러면 어떻게 해야 합니까?"

"돈이 필요합니다."

"내가 돈이 없잖아요. 계좌에서 못 꺼내니까요. 어떻게 안 됩니까? 이기면 줄 테니까."

그 말에 담당 변호사는 고개를 흔들었다.

"사건 최초에 말씀드렸다시피 이건 이기는 게 불가능합니다."

이미 사기를 쳤다는 증거가 너무나도 명확하기 때문이다.

태양에서 약속한 처벌은 징역 3년에 집행유예 5년이었다.

그러면 실질적으로 그는 어떠한 처벌도 받지 않으면서 해외로 빼돌린 계좌를 이용해서 편하게 살 수가 있기 때문이다.

해외 계좌를 이용하면 기본적으로 한국에서 압류하는 게 불가능하니까.

"그렇지요."

"그러려면 로비가 꼭 필요한데, 계좌가 정부에 의해 묶인 이상에야 로비에 필요한 비용을 지급할 능력이 없지 않으십니까? 저희 수임료도 그렇고요."

"그건 그렇지만……."

"그 돈을 선지급하시지 않는다면 더 이상의 의뢰 진행은 불가능하니 저희는 이쯤에서 손을 털겠습니다. 물론 그렇게 되면 1억은 돌려드릴 겁니다. 돌려드릴까요? 계좌 번호를 주시면 바로 보내 드리겠습니다."

'미친 새끼가.'

계좌 번호를 주면 당연히 돈이야 돌려줄 거다.

하지만 국세청이나 새론에서 그 돈을 바로 압류할 거다.

즉, 자신은 땡전 한 푼 없이 길바닥에 나앉게 생긴 거다.

"그러면 어쩌란 말입니까? 애초에 225억이라니, 제가 빼돌린 돈이 그렇게 많지 않아요."

"말씀해 주신 걸 기준으로 뽑은 겁니다."

"만일…… 절반이라고 하면요?"

"네? 그게 무슨 소리인가요?"

"그게……."

김진필은 고민하다가 입을 열었다.

상황이 이렇게 되니 일단 자기라도 살아야겠다는 생각이 스멀스멀 고개를 들기 시작한 것이다.

"사실은 제가 가지고 간 돈은 그 절반뿐입니다."

"절반?"

"네, 제 동생이랑……."

동생과 자신이 각각 140억을 챙겼다는 거다.

그 말을 들은 변호사는 눈을 찡그렸다.

"그러면 이야기가 다르지 않습니까? 전액이 거기에 있다면서요?"

"그게……."

애초에 그런 식으로 거래하는 대신에 자신은 해외에서 살기로 동생과 결정했으니까.

국내에서 매일같이 진상에게 시달리면서 부동산을 하느니 140억을 가지고 해외에서 황제처럼 살고 싶었다.

'이게 아닌데.'

사실 처음부터 사기를 칠 생각은 없었다.

하지만 동생이 사설 인터넷 도박장을 열어서 막대한 돈을 쓸어 담는 걸 보고 배가 아파서 미칠 것 같았다.

그리고 동생이라는 새끼는 그걸 자랑스러워하면서 병신같이 진상에게 굽실거리며 산다고 낄낄거렸다.

심지어 돌아가신 부모님조차도 동생과 비교하면서, 동생은 성공해서 저렇게 사는데 너는 왜 그렇게 병신처럼 사느냐고 타박했다.

부모님에게 있어서 동생이 수십만 명에게 사기를 친다는 사실은 중요한 게 아니었던 것이다.

견디다 못한 그는 결국 크게 한탕 하고 살기로 했다.

하지만 그에게는 동생처럼 프로그램을 짤 능력도, 그리고 인터넷에서 홍보할 능력도 없었기에 그가 쥐고 있는 건물을 이용하기로 했다.

동생은 처음에는 비웃었지만 제대로 한 방 터트리면 무려 140억이 들어온다고 하자 눈빛이 바뀌었다.

그렇게 사기를 치고 해외로 튀었는데.

'그런데 이게 무슨······.'

다시 한국으로 송환되었을 뿐만 아니라 이제는 터무니없는 액수의 돈까지 뜯기게 생겼다.

"사실은······."

결국 김진필은 사실을 말했다. 이대로는 다 뒤집어쓰게 생겼으니까.

"동생분에게서 돈을 좀 받아서 선불로 지급하세요. 그러면 저희가 최선을 다해 드리겠습니다."

그리고 운이 좋다면 잠깐 해외 계좌에 대한 압류를 풀 수 있다. 그럼 그 틈에 돈을 다른 계좌로 옮기면 된다.

실제로 이런 일이 제법 있었는데, 그때마다 국세청에 실수라고 해명하면 그만이었다.

물론 그 과정에서 적잖은 뇌물을 줘야 했지만 말이다.

"끄응."

김진필은 신음을 흘렸다.

⚖

"뭐? 얼마?"

"30억만······ 어떻게 안 되겠냐?"

"야! 너 미쳤어?"

"야? 너?"

김진필은 김우필의 말에 눈썹을 치켜올렸다.

그러나 김우필은 한층 더 목소리를 높였다.

"이번만 도와 달라며? 그래서 서로 돈 벌고 연 끊고 지내
자며?"

"그건……."

확실히 그랬다.

자신은 아무것도 없었다. 그래서 김우필에게 도움을 요청
했다.

자신을 깔보는 김우필의 도움을 받기 위해서는 그에 상응
하는 보상이 필요했는데, 그게 바로 수익의 절반과 서로 연
끊고 살자는 약속이었다.

어차피 김우필도 병신 같은 인간이 가족이라고 달라붙는
게 귀찮았고, 김진필 입장에서는 형을 병신으로 아는 인간과
엮이고 싶지 않았으니 꽤 괜찮은 거래였다.

하지만 상황이 바뀌었다.

"일단 30억만 빌려주면……."

"조까, 씨발아."

문제는 김우필이 바보가 아니라는 거다. 오히려 머리가 엄
청나게 좋은 편이었다.

그러니까 그 수많은 사기도박 사이트들 사이에서 그렇게
막대한 수익을 낼 수 있었던 거다.

"빌려줘서 뭐? 징역 3년에 집행유예 5년? 그래서 뭐 어쩌

라고? 그러면? 그 돈은? 갚을 수나 있어? 어?"

"그게……."

"말 안 하면 내가 모를 줄 알아? 계좌 털렸으면 그냥 끝난
거잖아!"

실제로 태양에서도 그랬다.

이제 돈은 포기해야 한다고.

계좌가 털린 이상 돈은 빼앗길 수밖에 없다고.

'젠장.'

즉, 김진필 입장에서는 전과만 달고 돈은 한 푼도 남기지
못하게 된 거였다.

그러니까 그 30억도 돌려받을 수 있는 게 아니라 그저 김
진필이 감옥에 가는 것을 막기 위해 지불하는 돈이라는 소리
였다.

김진필은 황급히 설명했다.

"그게 아니라, 그 변호사 말로는 잠깐 압류를 푸는 게 가
능하대. 그때 내가 재빨리 돈을 빼돌려서 다른 계좌에 넣으
면 한국 정부가 추적 못한다고 그랬어."

"지랄하고 자빠졌네, 병신이."

하지만 김우필은 비웃음을 날렸다.

"뭐?"

"그래서 그렇게 다른 곳으로 빼돌리면? 씨팔, 네가 나한테
퍽이나 갚겠다? 지랄을 한다, 아주."

보통 그쯤 되면 그냥 안 갚고 만다.

어차피 김우필은 그 돈을 돌려 달라고 재촉하는 것 말고는 달리 할 수 있는 게 없으니까.

마치 강선팔이 당한 것처럼 그냥 사기당해서 해외 계좌에서 돈도 못 찾고 길길이 날뛰는 관계가 될 것이다.

"아니야. 진짜로 아니야."

"조까, 개새꺄."

그 말에 김진필은 할 말이 없었다.

자신이라고 해도 30억은 절대로 주지 않을 테니까.

물론 지금이야 다급하니까 이렇게 빌고 있지만 원래 사람이라는 게 화장실에 들어갈 때와 나올 때가 다르다고 하지 않던가?

"꺼져."

"동생아……."

"아, 지랄하지 말고 꺼지라고! 너 같은 형 둔 적 없어!"

밖으로 쫓겨난 김진필은 멍하니 그저 280억짜리 건물을 올려다볼 뿐이었다.

⚖

김진필은 완전히 절망했다.

태양에서는 돈을 주지 못하겠으면 계약금을 돌려줄 테니

계약을 해지하자는 입장이었다.

그들 입장에서는 돈도 안 되는 사건을 쥐고 있기가 껄끄러웠기 때문이다.

물론 출석만 해도 1억이라는 돈이 생기기는 하지만, 이번 사건은 그럴 가치도 없다고 태양 측에서는 판단했다.

그리고 그 상황에서 노형진은 김진필과 일종의 합의를 위한 협상을 시작했다.

하지만 그건 계속 평행을 달릴 수밖에 없는 일이었다.

"돈 돌려 달라니까요. 그러면 취하해 드립니다."

"돈이 없어요."

"아니, 솔로몬제도에 있는 건요?"

"당신들이 묶어 놓지 않았습니까?"

"그건 탈세고. 벌어서라도 갚아야지요!"

"우리 의뢰인은 배상 능력이 없습니다. 포기하시죠."

귀찮은 듯 말하는 태양의 변호사의 말에 김진필은 이를 악물었다.

비참했다. 더 이상 무너질 곳도 없을 정도로 말이다.

'젠장. 빌어먹을.'

그리고 그런 김진필을 노형진은 안타깝게 바라보았다.

"저기, 잠깐만 피의자분이랑 이야기할 수 있겠습니까?"

"지금 이야기하세요."

"그쪽 변호사 없이요."

"그건 미안하지만 안 되겠습니다."

"뭐, 그러면 할 말이 없네요."

아무리 하기 싫은 일이라고 해도 결국은 변호사 업무.

귀찮아도 이쪽 변호사가 동행하는 건 당연한 일이었다.

그러자 노형진은 딱 잘라서 선을 그어 버렸다. 그러고는 그곳을 떠나며 말했다.

"김진필 씨, 살고 싶으면 저 인간들 빼고 연락하세요."

"뭐라고요?"

"살고 싶으면 연락하라고요. 그게 유일한 방법이니까."

그 말에 김진필은 귀가 솔깃해졌다.

하지만 태양의 변호사는 코웃음을 쳤다.

"지랄하지 말라고 하세요. 설마 저쪽 변호사 말을 믿으시는 건 아니지요?"

분명 노형진은 자신에게 사기당한 피해자 강선팔의 변호사다. 그런데 사기를 친 자신에게 살고 싶으면 연락하라니.

'살고 싶다.'

태양의 변호사는 말도 안 된다는 듯 코웃음을 쳤지만 김진필의 머릿속에서는 혹시나 하는 생각이 떠나지 않았다.

⚖

김진필의 고민은 오래가지 않았다. 아무리 노력해도 살 방법이 없었으니까.

혹시나 하는 생각에 다른 로펌에 찾아가 있는 돈 없는 돈 다 털어서 물어봤지만 다들 방법이 없다고, 지금 같은 상황에서는 이미 새론의 손을 떠난 거라고 고개를 절레절레 흔들 뿐이었다.

그랬기에 어떻게 보면 역설적이게도 김진필은 새론으로 찾아갈 수밖에 없었다.

"자, 드시죠."

노형진은 싱글벙글 웃으며 김진필을 만났다.

"그래서, 살고 싶으신 걸로 생각해도 됩니까?"

"그게……."

"거절하신다면 저희는 여기서 손 떼고요."

"……."

"뭐, 정확하게 이해 못 하시는 것 같으니까 이렇게 하죠. 집행유예를 드리죠. 그리고 1억 정도 되는 돈도 되찾아 드리고. 상황에 따라서는 돈을 더 찾아 드릴 수도 있고."

"……?"

김진필은 믿을 수가 없었다.

누구도 방법이 없다고 했다. 심지어 지금은 국세청까지 낀 거라 태양도 방법이 없을 거라고 했다.

"살 수 있다고요?"

"네."

단순히 사는 것도 아니고, 돈까지 찾아 줄 수 있다니?

김진필은 자신도 모르게 침을 꼴깍 삼켰다.

"진짭니까?"

"제가 거짓말할 이유는 없죠. 물론 '도와주신다면'이라는 조건이 붙지만요."

"돕겠습니다."

어차피 자신은 망할 수밖에 없는 상황이다.

"좋습니다. 그러면 합의하시죠. 저희 조건은 이겁니다."

노형진은 합의서를 내밀었다.

그걸 살피던 김진필의 눈동자가 흔들렸다.

"합의금…… 50억?"

"네."

"저는 돈이 없습니다."

"걱정하지 마세요. 곧 생길 테니까. 안 생기면 안 받겠습니다, 후후후."

노형진의 말에 김진필은 고개를 끄덕거리며 사인했다.

"자, 그러면 이제 해 주셔야 할 게 있습니다."

가장 먼저 한 일은 김진필이 태양에 더 이상 돈을 줄 방법이 없다고 사실대로 말하는 것이었다.

당연하게도 그 상황에서 태양은 돈도 안 되고 시끄럽기만 한 이번 사건을 계속 진행할 생각이 없어져 버렸다.

물론 마음만 있다면 얼마든지 진행할 수 있겠지만, 인생이 막장이 된 놈에게 신경 쓸 만큼 태양은 여유로운 집단이 아니었다.

그들은 계약을 해지하겠다고 알려 왔고, 계좌를 알려 주면 돈을 보내겠다고 이야기했다.

그나마 원래 보내진 솔로몬제도의 계좌로 바로 넣지 않은 것이 그들의 유일한 배려였다.

그리고 그 시각, 김진필은 경찰서에 자수했다.

"사기요?"

"네. 사실은 동생과 제가 짜고 친 사기입니다."

"그러니까 사기를 치기 위해 명의를 도용하기로 했다?"

"그게 아니라 명의를 빌린 겁니다."

"명의를 빌린 거다?"

"네. 동생과 이야기가 된 겁니다."

"그러면 서류는 어디서 얻은 겁니까?"

"동생이 서류 조작을 해 주는 사람을 소개해 줬습니다, 자기 자금 세탁을 할 때 도와준 사람이라면서."

어차피 막장이 된 상황에서, 살기 위해서 김진필은 모든 걸 고했다.

그리고 경찰은 빠르게 조사를 진행했다.

지금까지 딱 잡아떼던 김진필이 술술 불기 시작하자 딱히 문제가 될 게 없었기 때문이다.

그리고 노형진은 그걸 토대로 법원에 사실관계 확인소송을 냈다.

"와, 이게 이렇게 된다고?"

"응."

사실관계란 간단했다.

김우필은 김진필이 사기를 치는 것에 동의했다. 그리고 그 과정에서 자신의 명의를 위조하는 것에 동의했다.

아니, 동의를 넘어서 위조 전문가를 소개해 주면서 철저하게 같이 움직인 공범이라고 말이다.

실제로 등기 같은 건 김진필이 뗄 수가 없기에 김우필이 떼야 하는데, 그러면 사기가 걸리기 때문에 아예 위조 전문가를 동원해서 처음부터 조작한 것이다.

그렇다 보니 대충 서류만 보고 통과시키는 부동산 등기 사무소에서는 그걸 걸러 내지 못한 것이고 말이다.

실제로 대부분의 부동산 등기 사기는 이런 걸 걸러 내지 못해서 발생한다.

"중요한 건 명의를 사용하는 데 동의했다는 거지."

"그러네. 이런 경우는 결국 명의변경에 동의했다는 소리이니 증여 관계가 성립했다는 뜻이네?"

"맞아."

설사 목적이 사기를 치기 위함이라고 해도, 그래서 서류가 조작된 가짜라고 해도 결국 명의변경에 동의한 것은 사실이다.

그리고 그 과정을 거쳐서 강선팔에게 건물의 명의가 넘어갔다.

"부동산 등기가 강선팔 씨한테 넘어가지 않은 이유가 뭐지?"

"당사자의 동의 없이 위조된 서류로 이루어진 계약이라는 거지."

"정확해. 부동산 등기부 등본은 공신력이 없어. 그 상황에서 강력한 힘을 발휘하는 건 바로 당사자의 동의지."

만일 그게 아니라 서류가 우선이었다면, 그래서 등기의 공신력이 인정되었다면 당연히 이런 지랄 같은 상황 없이 자연스럽게 명의가 강선팔에게 넘어갔을 것이다.

"하지만 그러지 못했으니까 일이 이렇게 된 거고."

"그런데 이제는 동의했다는 확실한 증거가 생겼군."

김우필도 그렇지만 김진필도 미친놈인 건 마찬가지였다.

애초에 형제이지만 원수지간이나 마찬가지인 사이였다.

그래서 김진필은 혹시나 해서 김우필과 나눈 이야기나 톡을 그대로 가지고 있었고, 통화 내역도 녹음해 둔 상황이었다.

그 덕에 김우필이 명의변경에 동의한 것을 증명하는 건 어렵지 않았다.

"그렇게 되면 김진필에게서 강선팔 씨에게로 넘어가는 과정도 합법이 되는 거지."

사기가 목적이었다 해도 김우필이 명의변경에 동의한 이상 그건 합법이니까.

그걸 확인한 재판부는 다시 강선팔에게 등기를 하는 게 맞다고 판결을 내렸고, 그 판결문에 따라 강선팔은 건물을 넘겨받을 수 있었다.

"노 변호사님, 강선팔 씨가 오셨는데요."

호랑이도 제 말 하면 온다고, 강선팔은 얼굴이 환하게 밝아진 상태로 찾아왔다.

"아이고, 우리 노 변호사님! 고마워. 진짜로 고마워! 내가 진짜 이번에 돈 싹 다 날리는 줄 알았다니까!"

"별말씀을요."

"아니야. 진짜 노 변호사 아니었으면……! 진짜 다들 못 찾는다고 했단 말이야."

그런데 건물을 되찾아 왔다.

그것만이 아니다. 건물을 되찾으면서 자연스럽게 김진필에게 무려 50억이라는 합의금을 요구했다.

그리고 김진필은 합의했다.

"그런데 사기가 성립되면 세금이 안 붙지."

정확하게는 사기가 성립된 이상 범죄 수익이라 세금이 붙을 수가 없다.

세금이 붙어 버리면 정부에서 그 범죄 수익을 인정하는 꼴이 되어 버리기 때문이다.

당연히 노형진은 사기와 관련된 판결과 증거를 기반으로 압류 해제를 요청했고, 정부 입장에서는 이제 사기와 관련된 압류 문제가 되었기에 압류를 풀어 줄 수밖에 없었다.

그렇게 노형진은 손해배상금 50억을 바로 강선팔의 계좌로 보내 버렸다.

"그러면 사실 집행유예가 나오는 건 당연한 거지."

사기의 매개가 되었던 건물의 명의는 강선팔에게 넘어갔고, 김진필은 그 과정에서 50억을 합의금으로 내놨다.

사기의 처벌의 핵심은 피해의 복구에 있는데, 이건 피해의 복구를 넘어서 결과적으로 280억짜리 빌딩을 230억으로 깎아 준 셈이 된 거다.

"그리고 이다음의 개싸움은 둘이서 알아서 하고?"

"그렇지, 후후후."

김진필은 계좌가 풀리자마자 노형진의 예상대로 움직였다.

누구도 추적하지 못하도록 그 돈을 싹 다 비밀 계좌로 옮긴 것이다.

"오빠, 그러면 이건 어떻게 되는 거야?"

"뭐가?"

"건물은 넘어갔고 돈 배분 문제가 이상해지잖아."

"아, 그거? 간단해. 김우필만 인생 조지는 거지."

김우필은 동의를 해 줬기에 건물의 명의를 넘기게 되었다. 본래대로라면 그는 그 빌딩을 판 돈을 받아야 정상이지만

280억의 자산 중에서 140억을 이미 김진필이 가지고 간 상태였다.

그리고 김진필은 그중 10억을 도피 자금과 이런저런 자금으로 쓰고, 남은 130억 중 50억을 합의금으로 보내 버렸다.

"남은 건 80억인데, 그걸 김진필이 줄 리가 없지."

심지어 김진필은 이번에는 빼앗기지 않겠다고 건물을 증여받은 것에 대한 세금까지 계산해서 싹 다 내 버리고 남은 44억을 들고 그대로 잠수를 타 버렸다.

어차피 합의와 손해보전의 결과 집행유예가 나왔으니까.

"뭐, 정작 김진필도 행복한 도주 생활은 아니겠지만."

김우필은 건물도 빼앗기고 자산의 절반을 털렸다. 당연히 국세청에서도 세금을 내라고 독촉하고 있다.

그렇다면 김진필은 이제 '잘 먹고 잘 살았습니다.'가 되느냐면, 그렇지도 않다. 결국 에이즈에 확진되었다는 연락이 왔으니까.

물론 세상이 좋아져서 억제제가 개발되었으니 당장 죽지는 않을 거다.

하지만 에이즈 환자는 관리 대상이다.

그 말은 억제제를 받기 위해서라도 자신이 사는 곳을 등록해야 한다는 뜻이고, 그만큼 김우필이 추적해서 보복할 가능성이 높아진다는 걸 의미한다.

아마도 김진필은 영원히 김우필을 피해서 도망 다녀야 할 거다.

"김우필 입장에서는 김진필이 진술한 것도 문제고, 나름 도망가겠다고 머리 쓴 것 같기는 하네."

김진필은 김우필이 인터넷 사설 도박 사이트를 운영하고 있다는 것도, 그리고 그 주소도 알고 있었기에 전부 경찰에게 알려 줬고, 결국 지금 김우필은 도박 혐의로 조사가 들어간 상황.

김진필은 동생, 아니 동생이었던 김우필이 자신을 추적하는 걸 막기 위해 아예 교도소에 집어넣기로 한 것이다.

결과적으로 김우필은 남은 돈까지 다 털리고 교도소에 들어가게 될 거다.

그리고 나올 때쯤에는 폭삭 망해서, 숨어 있는 형을 추적하지도 못하게 될 거다.

"자네 덕분에 싸게 샀어, 무려 50억이나. 하하하하!"

280억짜리에 대한 합의금을 50억이나 받았으니 무려 20% 가까이 깎은 셈이다.

"그러면 남은 돈은 좋은 곳에 기부하시죠."

"음……."

그 말에 잠깐 고민하던 강선팔은 약간 주저하며 물었다.

"전부……는 아니지?"

"한 20억만 기부해 주시면 감사하죠."

"하하하, 그 정도야 해야지. 그럼."

20억을 기부해도 결국은 어느 정도 세금 환급이 되기에 강선필은 주저하지 않고 그 제안에 따랐다.

그렇게 모든 게 다 잘 해결된 듯 보였다.

하지만 단 한 명만은 이 결과에 대해 상당한 충격을 받고 있었다.

"이게 이렇게 굴러간다고?"

손하균은 사건이 정리된 후에 결과를 보고받으면서 기가 막혔다.

"전혀 예상하지 못한 부분입니다."

"허, 나도 그러네."

자신들이라면 그냥 악다구니 쓰면서 개싸움을 이어 갔을 거다.

그리고 그 과정에서 이득은 오로지 김우필만이 봤을 테고 말이다.

그런데 노형진은 역으로 김우필을 엿 먹이고 건물과 50억을 챙겨 갔다.

심지어 자신들을 속였던 김진필을 풀어 주면서까지 말이다.

"의뢰인을 위해 최선을 다한다……인가?"

단순히 복수가 아니라 의뢰인을 위해 어느 정도 협상하는 법 정도는 손하균도 알고 있었다.

하지만 이런 방법은 전혀 생각도 못 했다.

"나라면……."

차마 손하균은 자신이라면 적당히 합의로 끝냈을 거라고는 말할 수가 없었다.

그러면 노형진에게 지는 것 같았으니까.

'이럴 리가 없어. 뭔가 잘못된 거야.'

그리고 손하균의 가슴속에서 뭔가가 터져 나오기 시작했다.

열등감.

자신보다 훨씬 어린, 그리고 애써 무시하던 인간이 자신도 생각하지 못한 일을 해내고 있다.

누군가는 그런 상황에서 상대방을 인정할지 모르지만, 지금 이 순간 손하균의 가슴을 가득 채우는 건 인정하고 싶지 않다는 열등감이었다.

"애새끼가 너무 설치는군."

그렇게 중얼거리는 그는 자신도 모르게 보고서를 꾸기며 이를 악물고 있었다.

역사는 바뀌었다. 그것도 아주 많이 바뀌었다. 다름 아닌 노형진 때문이었다.

하지만 어떤 것들은 바뀌지 않았다.

그리고 바뀌지 않은 것과 바뀐 것이 서로 만났을 때 발생한 상황은 생각지도 못한 방향으로 흘러갔다.

"뭐라고요?"

"미 정부에서 마이스터의 민간 군사 기업을 고용하고 싶어 합니다. 그 대가로 미군의 무기를 팔 계획입니다. 아, 물론 차세대 무기는 안 됩니다. 하지만 현용 무기는 판매 가능하다고 합니다."

"농담하세요?"

"농담이 아닙니다."

스미스 요원은 진지하게 말했다.

"정확하게는 공식적으로 다른 곳에 매각할 때는 미군에 보고하는 조건으로, 그리고 이면 계약으로 동의를 얻는 조건으로 마이스터 민간 군사 기업에 팔 예정입니다."

"현용 무기를 말입니까?"

"미국이 민간 군사 기업을 운영하는 게 불법은 아닙니다만."

"아니죠. 하지만 현용 무기를 넘기는 경우는 처음 아닙니까?"

물론 이건 나쁘지 않은 상황이다.

이런 식이라면 분명 적잖은 이득을 챙길 수 있다.

그리고 미국에서 민간 군사 기업의 사업 규모는 엄청나게 커져 있다.

민간 군사 기업은 총을 들고 경호하거나 잘해 봐야 구출 작전이나 해 주는 수준이라고, 한국 사람들은 생각한다.

하지만 미국의 민간 군사 기업의 규모는 상상 이상이다.

전쟁터에서 군수품 전달? 민간 군사 기업에서 한다.

전쟁 시뮬레이션의 기동 및 개발? 그것도 민간 군사 기업이 한다.

현재 미군 내 군수 산업의 문제점 해결? 심지어 그것도 민간 군사 기업에서 감수한다.

미군은 존재하지만 사실상 전투에 필수적인 인원을 제외하고는 대부분 민간 군사 기업이 운영하는 게 현실.

이것이 법이다.

도리어 민간 군사 기업 덕에 실제 전투에 나서는 인원이 엄청나게 적은 게 현재 미군이다.

　"미국의 군사 기업 규모는 작지 않습니다."

　"네, 압니다. 그리고 그게 효율적이라는 것도요. 뭐 한국이 그 반의반만, 아니 10%라도 따라가면 소원이 없겠네요."

　"하긴, 한국이 그쪽으로는 무능하죠. 뭐, 아프리카 국가들보다도 못하니 웃긴 거죠. 미국에서도 몇 번 경고해 줬습니다만."

　그 말에 노형진은 한숨이 나왔다.

　물론 전투 시스템의 이야기가 아니다.

　아니, 전투 시스템뿐만이 아니다. 애초에 미국이 볼 때 한국은 평범한 병신 집단 그 이상도 그 이하도 아니다.

　'그럴 만하기는 하지.'

　당장 한국의 군수만 봐도 그렇다.

　전쟁이 터지면 어떻게 될까?

　일선 부대에서 총알과 포탄을 달라고 상급 부대에 요청한다. 그 요청을 수많은 상급 부대들을 거쳐 전달받은 최상급 부대에서 지급 결정을 내리는데, 이 결정은 다시 여러 하급 군수 부대를 거쳐 가장 가까운 군수 부대에 전달되며, 이때에야 비로소 일선 부대는 총알과 포탄을 보급받을 수 있게 된다.

　요청한 즉시 보급받을 수 있는 게 아닌 것이다.

"당연하게도 한국의 일선 부대는 총알 없이 버텨야 합니다. 구 일본군처럼 반자이 돌격이나 해야겠지요."

씁쓸하지만 이게 현실이다.

왜냐하면 한국군은 긴급이라는 걸 인정하지 않으니까.

일선에서 현재 탄이 없으니 바로 지급해야 한다고 아무리 애원해도, 전산 어디에도 긴급이라는 표시도 없고 그걸 어떻게 처리해야 하는지도 아무도 모른다.

즉, 일선에서 요청한 게 내려가는 데 빨라야 12일쯤 걸린다는 거다.

그런데 중간에 미친놈이 있는 경우라면?

예를 들어 '왜 개인당 총알 소비량이 이렇게 많냐? 소명자료를 제출하라.' 같은 소리를 해 대는 병신이 있을 경우 총알받는 데 12일이 아니라 세 달쯤 걸리게 된다는 거다.

"그리고 그로 인해 발생하는 문제는 심각하죠."

상황이 그 지경이 되면 최전선에서는 무조건 만일에 대비해서 닥치는 대로 쌓아 두려고 한다.

그런데 생산되는 물자에는 한계가 있다.

즉, 한쪽에서는 물건이 쌓여 있어서 처치 곤란인데 다른 한쪽에서는 진짜 물건이 없어서 반자이 돌격을 해야 하는 꼴이 된다는 거다.

미국은 그런 꼴을 당하고서 시스템을 모조리 바꿨다.

"그리고 그걸 한국에도 몇 번이나 설명했습니다만."

"네, 무슨 소리인지 알 것 같네요."

한국 군대는 바뀌지 않는다.

장군들의 머릿속에서 병사는 자기들의 노예이자 소모품일 뿐이다.

시스템의 간략화? 못하는 게 아니라 안 하는 거다.

그렇게 되면 자기들이 해 처먹을 틈이 사라지고 자기 자리가 사라지니까.

실제로 한국에서 매년 F-4 팬텀이 두 대씩 추락하고 그로 인해 조종사가 죽어 나가도 그걸 없애지 못하는 이유 중 하나가 그거다.

북한 견제라고들 말하지만 현실은 그냥 장군님들 자리 유지다.

북한이 미그-23을 운영한다고 비웃을 게 아니다.

F-4 팬텀이나 미그-23이나 비슷한 시기에 개발한 물건이니까.

"물론 한국군 내부에 압력을 행사할 수는 없습니다만. 심각한 문제는 개혁할 수 있는 걸 안 하겠다고 고집부리고 있죠."

미 정부에서도 한국의 군수를 비롯한 시스템화에 대해 체계적으로 하라고 수백 번은 이야기했다.

하지만 대한민국의 국방부는 요지부동이었다.

한국 정부라고 해서 이런 걸 모르는 건 아니다.

사람들에게 알려지지 않았을 뿐, 미국의 군사 컨설턴트에게 돈을 주고 조언과 감수를 얻기도 했다.

하지만 국방부는 전문가들의 조언을 완벽하게 무시했고, 보급 체계의 개혁과 간략화에 대한 명령을 아예 무시하고 모른 척하니 정부에서 결국 돈 주고 컨설턴트까지 받았는데도 바뀐 건 아무것도 없었다.

'러시아를 보고도 꿈쩍도 안 했는데 조언 같은 걸로 바뀔 리가 없지.'

실제로 러시아가 우크라이나와의 전쟁에서 보급 문제로 졸전을 계속하자 전 세계가 비웃었지만 군사 전문가, 아니 한국에서 군대를 갔다 온 대부분의 사람들은 차마 마음속에 있는 말을 꺼낼 수가 없었다.

한국은 진짜 전쟁이 나면 저것보다 더하면 더했지 덜하지는 않을 거라는 진실 말이다.

"그거랑 우리가 무슨 관계가 있다는 거죠?"

"마이스터가 자사의 민간 군사 기업을 한국에 공식적으로 지원해 주셨으면 합니다."

"그러니까 미국의 맥브라이드사 같은 곳이 돼라 이거군요."

"맞습니다."

미국의 맥브라이드는 미국 군수 산업의 핵심이자 민간 군사 기업의 핵심이다.

그곳에서는 매년 수천 명의 인원이 거대한 천조국에서 단한 푼이라도 효율적으로 쓰기 위해 머리를 쥐어짠다.

'하긴, 그러니까 천조국 천조국 하지.'

단순히 미국이 돈이 많아서 천조국 소리를 들을까?

아니다. 그들은 그 돈을 효율적으로 쓰기 위해 머리를 쥐어짜기 때문에 그런 소리를 듣는 것이다.

하지만 한국은 '어디 신성한 국방에 회계사 따위가 끼어드냐.'라면서 거품을 문다.

물론 진짜로 신성하거나 그런 게 아니라, 회계사가 끼어들면 못 해 먹어서 그런 거다.

당장 수십 년째 터지는 국방 비리 문제만 해도 외부감사조직 하나만 있어도 일소할 수 있지만, 국방부는 그런 이야기라도 할라치면 그 외부감사가 빨갱이면 어쩔 거냐면서 필요한 경우 쿠데타라도 벌이겠다는 듯 지랄 발광을 한다.

'원래는 한국에 이런 요구를 안 하는데?'

정확하게는 한국에 시스템을 고치라고 요구는 계속 했을지언정 외부에 민간 군사 기업을 만들겠다는 계획은 세우지 않았다.

'아, 그런 건가?'

외부에 민간 군사 기업을 만들고 그곳에 일을 맡기는 건 미군 입장에서도 부담스러운 일이다.

하지만 이미 존재하는 민간 군사 기업과 손잡고 한국이 계획에 동참하도록 유도하는 건 어려운 일이 아니다.

가령 마이스터의 군사 기업을 통해 미군 시스템으로의 통합을 꾀한다면, 한국 정부는 미국의 도움을 받기 위해서라도 마이스터와 손잡아야 한다.

그리고 약간의 압력만 행사한다면 민간 군사 기업에 감사 기능을 넣을 수 있고, 그들은 대한민국 군대를 박살 낼 수 있다.

"제가 알기로는 새론에서 만든 조직이 있을 텐데요."

"맞습니다. 오래되었지요."

바로 퇴역 군인을 위한 제보 시스템이었다.

군대에서 장군으로 퇴역하면 그들은 온갖 접대를 받으며 편하게 살 수 있다.

하지만 병장이나 하사, 대위급으로 제대하면 내부에서 벌어지는 부조리에 대해 신고도 못 한다.

해 봐야 무시당하니까.

그래서 노형진은 그걸 제보할 수 있는 시스템을 만들어 지금도 운영 중이다.

'그게 벌써 10년도 더 됐네.'

그런데 그걸 아예 민간 군사 기업화한다고 하면 아마 한국에서는 간단한 답이 나올 거다. 바뀌든가, 아니면 잘리든가.

"하지만 그곳은 마이스터 군사 기업과 관련된 곳이 아니라 새론과 손잡은 제3의 눈이라는 단체 소속입니다만."

이런저런 잡다한 감시 시스템들을 모두 제3의 눈이라는 하나의 조직으로 합친 지는 오래되었고, 공식적으로 그들과 마이스터는 아무런 관련이 없다.

"알고 있습니다. 하지만 그곳에 노 변호사가 관여했다는
건 알고 있죠. 그리고 노 변호사님이 그곳에 강한 영향력을
가지고 있다는 것도. 그들을 통해서 선동만 잘하면 한국 정
부에서도 민간 군사 기업을 받아들이는 걸 거부하지 못할 겁
니다."

노형진은 그 말에 쓰게 웃었다.

물론 그 정도 되는 정보를 미국 정부가 모른다는 건 도리
어 말이 안 된다. 딱히 비밀도 아니니까.

다만 미국 정부가 왜 그러한 외부 조직과 손잡으려 하면서
까지 한국 개혁에 관심을 가지는지가 궁금했다.

애초에 한국 군대가 썩어 빠진 게 하루 이틀 문제도 아니
고, 말로는 세계 6위니 7위니 거들먹거리지만 현실적인 전투
능력은 검증도 안 된 무능의 집합체라고 보는 시선이 강했으
니까.

"미국이 그렇게까지 하는 이유가 뭡니까?"

미국이 한국을 주요 동맹으로 여기는 건 알고 있다. 그렇
지만 이렇게 심각하게 임하는 이유는 알 수가 없었다.

"중국에 대한 견제죠."

"중국을 견제하는 거야 하루 이틀 일도 아니지 않습니까?"

"네. 하지만 이제는 상황이 달라졌습니다. 중국에서는 대
만을 노리니까요."

'아, 그랬나? 하긴, 그런 소문은 원래도 있었지.'

원래 역사에서 러시아가 우크라이나를 노리는 바람에 전 세계와 미국의 시선이 그쪽으로 쏠려 있을 때, 중국은 대만을 노릴 거라는 소문이 돌았다.

　　실제로 중국 정부는 그에 대비해서 군을 창설하고 군대를 이동하는 모습을 보이기도 했다.

　　'하지만 그게 러시아의 졸전으로 박살 났지.'

　　원래대로라면 러시아가 우크라이나를 밀고 들어갈 테니 그 혼란을 틈타 중국에서는 대만을 삼키면, 미국은 절대로 전선 두 개를 유지하지 못한다.

　　심지어 두 나라 다 수백 발의 핵폭탄을 가진 핵보유국이니까.

　　하지만 러시아가 개박살 나면서 상황이 완전히 달라졌다.

　　무기만 지원해 주면 러시아는 우크라이나 선에서 정리된 다는 사실과 러시아의 무기가 소문과 달리 성능이 현저히 떨 어진다는 사실이 드러나면서, 중국의 전선을 미국이 혼자 감 당할 수 있다는 가능성이 생긴 것이다.

　　문제는, 중국은 절대로 미국을 혼자서 감당할 수 없는 데 다가 중국이 소유한 대부분의 무기들이 러시아 무기의 다운 그레이드 버전이라는 거다.

　　즉, 러시아보다 더 졸전을 하게 생긴 상황이라는 것.

　　'하지만 미국은 아직 그걸 모른다.'

　　미국은 여전히 러시아를 세계 2위의 군사 강대국이라 여 기고 있다.

그러니 실제로 그런 상황이 닥쳤을 때 우크라이나가 막지 못할 것이고, 결국 러시아가 우크라이나를 흡수통일 할 거라고 예상하고 있었다.

'원래도 수도 함락까지 짧으면 3일, 길어야 일주일이라고 예상했으니까.'

"그러니까 우리를 이용해서 중국을 견제하겠다 이거군요."

"부정하지는 않겠습니다."

미사일 수백 발 그리고 탱크 수백 대도 중요하지만, 그걸 적재적소에 사용하는 게 얼마나 중요한지 미국은 누구보다 잘 안다.

'원래 역사에서도 러시아는 거기서 실패했고 우크라이나는 거기서 성공했지.'

우크라이나의 무기와 물자가 러시아보다 많을까?

그럴 리가 없다.

서방에서 지원해 준다고 해도 우크라이나에 도착하기까지는 최소 두 달 이상 걸린다.

그들은 최소한의 물자로 두 달을 버티면서 물자가 오기를 기다렸던 것.

"흠, 확실히 그러면 중국은 머리 아프겠네요."

중국 입장에서는, 한국이 최신 미사일을 가지는 것보다 효율적인 군대를 보유하는 게 오히려 훨씬 까다로울 수밖에 없다.

"그리고 비상시에는 주한 미군이 1순위 기동 대상이니까요."

정확하게는, 주한 미군과 주일 미군이 가장 빠르게 대만으로 이동할 수 있는 병력이다.

그리고 그 빈자리는 모조리 대한민국 혼자서 감당해야 한다.

"그런 경우 중국은 북한을 움직여서 한국군을 압박하려고 할 겁니다."

정확하게는 그렇게 함으로써 주한 미군을 빼지 못하게 하려고 시도할 거다.

"그런데 비상시에 한국군의 군수 시스템은, 글쎄요. 북한이나 한국이나 비슷합니다. 물자야 한국이 더 풍족한 건 사실이지만 그걸 적재적소에 배치하지 않으면 없는 것과 마찬가지죠. 뭐, 한국에서는 도찐개찐이라고 하던가요?"

"도긴개긴입니다. 방송에 잘못 나가서 잘못 알려진 겁니다, 그거."

"아, 그런가요?"

스미스는 웃자고 한 말이었지만 노형진은 웃을 수가 없었다.

'그렇겠지.'

군대를 두 번이나 갔으니까 안다.

북한은 물자가 없어서 못 쓰는 반면, 한국은 전선에 보급하는 시스템이 개판이라 못 쓸 거다.

당장 수통 문제만 봐도 그렇다.

국방부는 수통이 전량 교체되었다고 주장하지만 과연 일선 부대에서 노르망디 물맛이 나는 1940년대 수통이 안 쓰일까?

물론 수통은 신형으로 전량 배급이 끝났다.

그런데 전부 교체하면 어떻게 될까?

일반인의 생각대로라면 구형 수통은 반품 처리하거나 해야 하는데, 군대에서는 반품하거나 국방부에 반환 처리 등록을 하는 것이 아니라 손망실 처리하도록 되어 있다.

문제는 손망실 처리를 하면 인사고과에 마이너스가 된다는 거다.

그러니 장교는 신형 수통이 나와도 병사들에게 지급하지 않고 죽어라 70년도 넘은 수통을 쓰라고 하는 거다.

손망실 처리하면 인사고과에 악영향이 미쳐서 승진을 못 하니까.

국방부에서는 손망실 처리로 인사고과에 부정적인 영향이 없다고 주장하지만 군대에 다녀온 사람은 안다, 그게 얼마나 개소리인지.

자주 잃어버리는 K2 소총의 가스 조리개도, 소모품으로 처리되는데도 잃어버리면 지랄 발광하면서 메꿔 주지 않는 마당에 과연 손망실 처리했을 때 마이너스가 없을까?

물론 명시적인 건 없을 거다.

하지만 점수가 똑같을 경우 승진하는 놈은 과연 누가 될까?

"그러니까 우리더러 그걸 효율화하라는 거군요."

"맞습니다."

국방부에서 끝까지 마이스터를 거부한다?

그러면 그에 대해 미국에서 불편한 심기를 표현하면 그만 이다.

아니, 그럴 필요 자체도 없다.

주요 업무, 가령 정보 제공을 오로지 마이스터를 통해서만 한다고 하면 국방부는 마이스터와 계약할 수밖에 없다.

"물론 그러기 위해서는 실적이 필요합니다."

"실적요?"

"네. 실적도 없는 상황에서 저희가 계약을 추천해 드릴 수는 없으니까요."

"하지만 저희는 할 만한 게 없습니다만."

전투? 그건 미군이 알아서 할 일이다.

정보전이나 지원 업무? 그건 이미 다른 민간 군사 기업이 꽉 잡고 있다. 다른 곳에서 하고 싶어 한다고 해도 그들이 그걸 놔줄 리가 없다.

그러나 스미스는 생각해 둔 바가 있는 눈치였다.

"아직 아무도 손대지 않은 곳이 있습니다. 아니, 정확하게는 손대는 걸 거부하는 곳이죠."

"어딘데요?"

"아프가니스탄입니다."

"잠깐만요. 아프가니스탄? 그곳을 우리보고 어쩌라고요?"

아프가니스탄.

그곳은 제국의 지옥이라 불린다.

왜냐하면 수많은 강대국이 침략해 왔지만 모두 실패했기 때문이다.

아프가니스탄은 자원이 넘치는 나라다. 그리고 개발도 전혀 안 되어 있다.

하지만 동시에 누구도 그곳을 침략하거나 빼앗지 못하는 나라이기도 하다.

"이미 거기에 보급 시스템을 담당하는 기업이 있을 텐데요?"

"보급이 아니라 그 지역의 관리입니다."

"관리요? 거기 철수한다고 하지 않았나요?"

아프가니스탄 철수는 이번 미국 대통령이 가장 심각하게 고려하는 일 중 하나다.

'실제로도 분명히 철수했는데?'

그리고 미군이 철수하면서 탈레반이 재집권해 현세의 지옥이 된 곳이 바로 아프가니스탄이다.

어느 정도냐면, 국민들이 살아남기 위해 너도나도 장기를 가져다 팔아야 했을 정도로 말이다.

탈레반은 애초에 국가 운영 능력도 없고 머릿속에는 알라뿐이다.

심지어 아프가니스탄에서 유일하게 파는 게 아편이 될 정도로 모조리 말아먹는다.

"최후의 선택이라고 할 수 있죠."

"최후의 선택?"

"아프가니스탄은 중국을 견제하는 데 중요한 위치니까요."

실제로 아프가니스탄은 중국을 견제하기에 가장 좋은 위치 중 한 곳이다.

신장위구르자치구와 인접해 있고, 실제로 탈레반이 아프가니스탄에서 권력을 잡았을 때 가장 먼저 국가로 인정한 나라가 바로 중국이다.

왜냐하면 그간 미군이 바로 옆에 있는 게 껄끄러웠기 때문이다.

신장위구르자치구는 중국이 강제 합병한 지역으로, 현재 독립운동 중이다.

이들이 아프가니스탄을 통해 미군의 무기를 지원받으면 내전이 시작될 테니 중국으로서는 신장위구르를 흡수하느라 필사적일 수밖에 없었다.

"신장위구르인들에 대한 탄압에 대해서는 잘 아시죠?"

"알죠."

해당 지역민에 대한 학살은 너무 당연해서 일상생활이 되었다.

한족의 핏줄을 강화한다면서 현지 여성을 강간하고, 강제로 납치해서 한족 노총각들과 결혼시키는 것이 무려 중국 정부의 전략이다.

만일 현지 여성과 현지 남성이 결혼한다?

그러면 여자는 끌려가서 강제로 불임수술을 당한다.

중국은 단순히 땅을 집어삼키는 걸 넘어서 아예 신장위구르의 인종 자체를 말살하기 위해 인종 청소, 그것도 계획적이고 극단적인 인종 청소를 하고 있는 상황이다.

그러니 적당한 무기 지원만 가능하다면 항쟁의 불씨를 쉽게 살릴 수 있다.

"만일 대만에 대한 침략이 본격화되면 그때는 그곳을 이용하는 게 저희의 주요 전략 중 하나입니다."

"흠, 알겠네요."

대만이 침략당하면 미국은 군을 동원할 테니 중국과 전쟁 상태가 될 것이다.

지금이야 여러 이유로 신장위구르나 티베트 쪽에 손대지 못하지만 전쟁이 시작되면 내부에서 내전과 혼란을 유도하는 건 주요 전략 중 하나가 될 터였다.

"그런데 지금 철수하면 돈만 날리는 꼴이 되죠."

중국의 후방은 든든해질 테고 말이다.

'실제로도 그랬지.'

중국과 탈레반은 떼려야 뗄 수 없는 끈끈한 우정을 과시했다.

무기에서부터 온갖 지원을 받은 탈레반은 그걸 자국민들을 탄압하는 데 썼다.

웃긴 게, 탈레반은 이슬람 극단주의자고 이슬람 혁명을 외치는데, 정작 중국의 신장위구르도 이슬람 지역이다.

즉, 자기들한테 돈을 주는 중국은 같은 이슬람인들에게 무슨 짓을 하든 방관하면서, 돈을 안 주는 미국만 건드린다는 소리다.

실제로 아프가니스탄에 남기고 온 9조 원어치의 무기 대부분이 중국으로 넘어간 건 딱히 비밀도 아니었다.

"그러니까 아프가니스탄에서 철수하기 전에 시도해 보는 최후의 도전 뭐 그런 건가요?"

"맞습니다."

원래대로라면 그냥 얄짤 없이 철수하겠지만 미 군부에서 중국 견제의 최후의 수단이라면서 마이스터를 이용하자고 제안해 왔다.

"아프가니스탄 철수야 오래전부터 나온 말이니까 이해하겠습니다만 왜 하필 우리입니까?"

"다른 곳들은 중국의 눈치를 봅니다. 미국의 군사 기업들은 이미 시도했지만 전부 실패했고요."

"중국과 적대하기가 어렵긴 하지요."

"네. 다른 기업들은 중국과 적대하는 것을 무척이나 두려워하더군요."

확실히 민간 군사 기업이 진출하고 싶다고 해도 견제해야하는 국가가 국제적인 큰손인 중국이면 꺼려질 수밖에 없다.

더군다나 이미 쟁쟁한 민간 군사 기업들이 실패해서 손 털고 나간 곳이 바로 아프가니스탄이다.

그런 곳에 신흥 업체가 들어가 봤자 성공할 가능성은 거의 없다고 봐도 무방하다.

"우리는 중국을 두려워하지 않는 것처럼 말합니다?"

"마이스터는 이미 중국과 적대 중이니까요. 특히 아프리카에서 중국을 견제하고 있지 않습니까?"

"그거야 뭐……."

그건 어디까지나 중국이 선빵 쳐서 그런 거다.

중국은 아프리카 내전을 통해 권력의 주체를 아예 바꾸는 방식으로 일대일로를 완성하려고 했는데, 그 과정에서 마이스터의 자산을 국유화해 구입하는 방식으로 꿀꺽하려 했다.

그래서 마이스터는 민간 군사 기업이라는 이름으로 무력집단을 세우고 은근히 역쿠데타를 지원해서 빼앗겼던 재산과 농장을 되찾았다.

"그 일로 중국의 심기가 상당히 불편해졌지요."

"그럴 수밖에 없을 겁니다."

그 일을 계기로 중국이 쿠데타를 통해 권력을 바꾸려고 했던 다른 나라들까지 너도나도 슬며시 손을 떼기 시작했기 때문이다.

물론 원한다면 하위직 사람들에게 힘을 실어서 뒤집을 수는 있다. 마치 기니에서처럼 말이다.

하지만 마이스터의 민간 군사 기업이 있는 이상 더는 그런 짓은 할 수 없었다.

"단순히 그것뿐?"

"그것도 그거지만, 미 정부에서는 아프가니스탄에서의 실패에서 배운 게 있습니다. 정확하게는 CIA에서는 주장했지만 미 의회에서 인정하지 않으려고 했던 겁니다만."

"민주주의 실패 말이군요."

그 말에 스미스 요원의 눈썹이 살짝 치켜올라 갔다. 그걸 알 줄은 몰랐다는 듯 말이다.

사실 그걸 알아내기 위해 CIA 내부에서는 수많은 전문가들을 동원해 수년간 연구했다.

하지만 노형진은 이미 알고 있었다.

그건 어찌 보면 너무도 당연한 것이었다.

그저 미국 정부가 너무 심각하게 생각해서 알아채지 못했던 것뿐.

'미 정부도 나중에는 인정하니까.'

민주주의의 실패.

그건 미국 정부가 실패했다는 걸 의미하는 게 아니다.

미국 정부가 수십 년 동안 외부의 전쟁에서 왜 이기지 못했느냐는 것. 결과적으로 왜 자유를 위한 전쟁에서는 이겼는데 결국 패배하고 철수해야 했는가에 관한 문제였다.

베트남, 이라크 그리고 아프가니스탄까지, 미국은 수많은 나라에서 싸우고 또 이겨 왔다.

하지만 정작 그들을 지키지는 못했다.

베트남은 북베트남이 집어삼켰고, 이라크는 ISIS가 집어삼켰다. 아프가니스탄 역시 마찬가지.

미군이 철수한 후에는 분명히 탈레반이 집어삼킬 거다.

그리고 CIA는, 아니 미 정부는 그걸 예상하고 있다.

그러니 그 상황을 막기 위해 마이스터라는 마지막 카드를 잡아 보려고 하는 거다.

"민주주의 실패라……. 틀린 말은 아니군요."

스미스 요원은 쓰게 웃었다.

"이게 어떻게 보면 한국의 업보인 것도 있지요."

"뭐, 반은 맞는데 그게 또 우리의 업보만도 아니지 싶은데요. 솔직히 우리가 미국에 뭘 하라고 한 것도 아니고."

"그건 그렇긴 한데……."

민주주의라는 정책이 실패한 건 아니다.

하지만 미국 정부가 자신들이 투입된 전쟁터에 민주주의를 심으려 한 게 문제였다.

"민주주의는 복잡한 정치 체계입니다. 사실상 완벽한 민주주의를 성공시킨 나라는 없어요. 심지어 미국조차도 그렇죠."

미국도 민주주의의 부작용이 없지는 않다.

한국? 한국이 과연 완벽한 민주주의국가일까?

아직도 사람들은 정책이나 미래의 비전이 아니라 과거에 붙잡혀 선동당하고 휩쓸린다.

자기 파벌이면 사람을 죽여도 괜찮고, 남의 파벌이면 주차 딱지 하나에도 죽일 놈이니 죽여야 한다고 게거품을 문다.

검찰과 법원, 언론은 권력을 쥐고 국민들을 개돼지 취급하지만 그 사실을 빤히 알면서도 그들을 지지하는 사람들이 있다.

심지어 대놓고 '나는 나라를 팔아먹어도 특정 정당을 지지한다.'라고 방송에서 떠드는 게 자랑스러운 것이 대한민국 민주주의의 현주소다.

"그나마 교육 수준이 높은 한국도 그 지랄인데, 하물며 다른 나라에서 민주주의가 제대로 작동하겠습니까?"

당연하게도 그렇게 될 리가 없다.

한국에서 6.25가 끝나고 처음으로 투표할 때 막걸리 한 잔, 고무신 한 켤레에 표를 팔아먹는 건 너무 당연한 일이었다.

하지만 그럼에도 불구하고 한국은 민주주의를 성공시켰고 또 지켜 냈다.

"그게 우리 미국 정부의 희망이 된 거죠. 문제는 그걸 위한 방식을 제대로 인정하지 못한다는 거죠."

"그건 그렇죠. 민주주의를 이해 못 하니까요."

미국 정부의 가장 큰 실수.

그건 민주주의를 이해하지도 못하는 사람에게 민주주의라는 게 뭔지 교육도 하지 않고 투표권부터 준다는 거다.

자유와 방종은 다르다.

하지만 사람들은 그걸 이해하지 못한다.

한국 사람들도 그걸 이해하지 못한 상황에서 자유와 방종을 혼동하다가 갑질을 하든가 사고를 치는데, 하물며 평생을 자유와 방종이 뭔지, 투표가 뭔지도 모르던 사람에게 갑자기 투표권을 주면서 '자, 이제 원하는 대표를 뽑으면 됩니다.'라고 해 봐야 이해를 못 한다.

그렇다 보니 웃기게도 투표를 통해 기존 독재자나 권력자를 뽑는다.

아니면 자기한테 고무신 하나 쥐여 준 놈을 뽑든가.

어느 쪽이든 미국이 원하지 않는 놈들이다.

문제는 판단의 경위가 어찌 되었건 그놈들이 권력을 잡았다는 거고, 미국은 민주적으로 뽑았다는 이유로 그놈들을 존중해야 한다는 것이다.

"아프가니스탄의 가장 큰 문제가 그거였습니다."

아프가니스탄은 교육 수준이라는 게 아예 없다고 봐도 무방하다.

이슬람 특유의 문화에 낮은 지식수준까지 더해지니 이건 답도 없다.

"그래서 미 정부에서는 더 이상 의미가 없다고 판단했습니다."

"그래서 철수를 결정했죠."

"네, 그랬죠. 그런데 내부에서 새로운 방식의 접근에 대한 제안이 나온 겁니다."

"새로운 방식의 접근이라고 하시면?"

"왜 한국은 성공하고 우리는 실패하는가?"

"아, 그런 건 좀 있죠."

한국은 미 정부의 요청에 따라 여러 곳에 파병했다.

물론 전투병 파병은 아니고 일종의 재건 부대였지만.

그런데 이상한 건 바로 그거였다.

미군은 실패해서 치를 떨면서 나간 지역에, 한국은 들어가서 자리 잡고 좋은 관계를 유지한다는 거다.

물론 미국에 대한 반감이 커서일 수도 있지만 단지 그런 이유만으로는 이해가 안 되는 수준이었다.

"한국 정부는 다름을 인정하니까요."

사실 그 이유는 간단하다.

한국 정부는, 아니 한국 파병 부대는 '다름'을 인정한다.

내부에서는 서로 쪽발이니 빨갱이니 욕하고 다르다는 걸 인정하지 않는 한국이, 정작 다른 나라로 가면 그 나라의 특색을 인정하는 기묘한 포지션을 취한다.

"오로지 미국식의 교육과 체계를 이루어 가는 걸 기본으로 하는 저희들과는 다르죠."

"흠."

확실히 그런 방식은 효율적이다.

"그리고 다른 이유도 있습니다."

"다른 이유?"

"네. 우리 미국은 그간 지원을 많이 했습니다. 상당히 많이 했죠. 군사적으로든, 식량이든 말입니다."

그 말에 노형진은 고개를 끄덕거렸다.

"식량은 어차피 소비된다고 쳐도, 군사적인 지원은 대부분 나중에 똥 밟게 되더군요."

민주주의를 세우려고 무기를 지원하면 누군가 그걸로 싹 다 뒤집어서 나라를 집어삼키고 독재국가를 세운다.

그런 일이 한두 번이 아니었다.

민주주의국가 한번 만들어 보겠다고 무기를 지원한 미국 입장에서는 그야말로 기가 차고 환장할 노릇이었다.

"하지만 이번에 마이스터의 민간 군사 기업에서 영감을 얻었습니다."

무기를 주면 나중에 뒤통수를 친다?

그러면 무기를 지원하지 않으면 되는 거다.

물론 방어할 무기가 없으니 그쪽은 불편해할 거다.

그렇다고 미군이 거기서 천년만년 버티고 있을 수 있는 것도 아니다.

"그런데 마이스터의 민간 군사 기업은 생각을 바꿨더군요."

"아아~."

'방어력을 제공해 드립니다'.

간단하지만 동시에 안정적인 전략이다.

무기를 지원받은 것은 아니니 무기를 이용해 쿠데타를 일으켜 나라를 전복하는 것도 불가능해지고, 마이스터가 그걸 도와줄 이유도 없다.

도리어 누군가 쿠데타를 일으킨다면 정상적인 정권과 손

잡은 마이스터가 밀어 버리면 그만이다.

"식량은 어차피 소모품이니까요."

즉, 무장이라는 강력한 지원을 하지만 동시에 끊어 버림으로써 사전에 쿠데타를 차단한다는 거다.

"그러니까 우리에게 아프가니스탄에 대한 안정화 작전을 해 달라 이거군요."

"네. 이번에도 실패한다면 미 정부는 주저하지 않고 철수할 계획입니다."

그 말에 노형진은 묘한 표정이 되어 버렸다.

"어떻게 생각하십니까?"

"기회이기는 한데…… 쉽지는 않겠네요."

로버트는 솔직히 인정했다.

이건 기회다.

미국의 민간 군사 기업 시장이 얼마나 큰지, 그걸 한국을 비롯한 다른 나라에 적용한다면 그 수익이 얼마나 날지 예상도 못 할 지경이다.

"한국에서 성공하면 일본도, 친미국 위주의 동남아 국가들도 적용하려 하겠지요."

전부 다 하지는 않겠지만 최소한 동북아 지역에서 미국의 입김이 강한 곳은 전부 하려고 할 거다.

"하지만 대상이 아프가니스탄이라면……."

미국도 20년간 수십조 달러를 처박은 끝에 결국 질려서 나오려 하는 곳을 정리해 달라니.

"손해 보는 건 없을 겁니다. 일단 미국 입장에서도 이번에 단단히 조건을 달았으니까."

"조건요?"

"네. 만일 마이스터가 실패해서 나오면 아프가니스탄에 있는 무기들을 모두 우리 쪽에 넘기겠답니다. 물론 운송비는 우리가 알아서 해야겠지만요."

"하긴, 미국은 무기를 버리고 가는 걸로 유명하니까요."

노형진의 말에 로버트는 고개를 끄덕거렸다.

그리고 그렇게 버려진 무기들은 100% 중국으로 넘어가게 될 게 뻔하다.

"그러니까 그들 입장에서는 어차피 나가리 된 상황이다 이거군요."

"네, 맞습니다."

최후의 도박이 성공하면 기회를 잡는 거고, 아니면 원래 계획대로 그냥 손 털고 나오는 거다.

"하지만 가장 큰 문제는 그들을 어떻게 컨트롤하느냐는 건데요."

미국도 제대로 못했던 통제가 과연 가능할까?

로버트는 부정적으로 생각했다.

그런 로버트에게 노형진은 피식 웃으며 말했다.

"아, 물론 민주주의를 포기할 겁니다."

"네? 잠깐만요. 민주주의를 포기한다고요?"

"역시 로버트 씨도 미국인이군요. 민주주의를 포기한다고 하니 놀라시네요."

"아니, 민주주의를 전파하기 위해 거기에 간 거 아닙니까?"

"노노, 아니죠. 애초에 미국이 아프가니스탄에 들어간 건 민주주의랑 아무런 상관도 없습니다."

애초에 미국은 아프가니스탄의 민주주의에 아무런 관심도 없었다.

다만 911 테러가 터지고 그 일당을 아프가니스탄에서 감춰 주자 빡돌아서 쳐들어갔다가 휘말린 것뿐이다.

"그때 바로 손 털고 나왔으면 사실 이 지랄은 안 났을 겁니다."

"그러면 아프가니스탄에는 어떤 체제를 정착시키려고요? 설마 공산주의를 정착시키려는 겁니까?"

그 말에 노형진이 고개를 흔들었다.

"제가 미쳤습니까?"

공산주의는 철저하게 실패한 체제다.

그런 체제를 아프가니스탄에 정착시키려 해 봐야 성공할 리가 없다.

"군주제를 넣을 겁니다."

"구…… 군주제요? 설마 입헌군주제를 생각하시는 겁니까?"

"아닌데요. 진짜로 군주제를 정착시킬 겁니다."

그 말에 로버트는 이해할 수가 없었다.

입헌군주제도 아닌 군주제라니.

"입헌군주제는 사실상 민주주의 아닙니까?"

"그건 그렇죠."

실제로 일본도 영국도 민주주의국가로 인정된다.

"똑바로 말하죠. 우리가 목표로 하는 건 현지의 안정이지 누가 권력을 잡느냐가 아닙니다. 민주주의는 분명 좋은 정책입니다. 나라의 미래를 위해서는 그것도 나쁘지 않습니다. 하지만 동시에 그걸 이해하지 못하는 사람에게는 아무런 가치도 없는, 도리어 짐만 되는 정책입니다."

거침없는 노형진의 표현에 로버트의 눈이 휘둥그레졌다.

"짐만 된다고요?"

"북한의 공식 명칭 아십니까?"

"모릅니다만."

"조선민주주의인민공화국입니다. 거기도 엄밀하게 말하면 민주주의국가입니다. 이름만은 그렇게 주장하고 있죠."

물론 그건 개소리다. 북한은 민주주의국가가 아니다.

"그런 짓거리를 해 봐야 사실 의미가 없습니다. 그러니까 우리는 최대한 새로운 방식으로 그들의 지역을 안정시키는 겁니다."

"어떻게요?"

"'그 지역에 맞는' 방식으로요."

노형진이 씩 웃으며 덧붙였다.

"중세 왕정 국가를 세울 겁니다."

그 말에 로버트의 눈동자는 격하게 흔들렸다.

민주주의는 완벽한 게 아니다

아프가니스탄, 그곳의 사령부에서는 기겁했다.

"싫으면 거절하세요. 저희는 하지 않으면 그만입니다."

"아니, 그게……."

"물론 거절하시면 이 이야기는 상부에 전달될 겁니다."

"미스터 노, 말이 됩니까? 지금은 21세기입니다, 21세기. 그런데 중세 왕정 국가? 절대왕권을 가지고 와서 뭘 어쩌겠다는 겁니까? 아메리카의 정신에 부합되지 않습니다."

노형진은 그 말에 피식 웃었다.

'그놈의 아메리카 정신은.'

물론 거기에 자부심이 강한 거야 알지만 그것도 완벽한 건 아니다.

세상에 완벽한 건 없다.

"편하게 말씀하세요. 그렇게 경어를 쓰실 필요 없습니다. 제가 군인도 아니고 상부에서 온 사람도 아니고."

"하지만 정부 계약자 아닙니까?"

"그렇기는 하지만 어찌 되었건 이제 아프가니스탄에서 같이 구를 처지 아닙니까? 서로 경어 쓰면서 불편하게 하면 도리어 소통만 힘들어질 테니 편하게 말씀하세요."

그 말에 백발의 남자는 긴 한숨을 내쉬었다.

"그렇게 말씀하신다면, 아니 그렇게 말한다면 내 편하게 말하겠네. 나는 미국의 정신을 위해서 여기에서 이 고생을 하고 있어. 그런데 여기다 절대왕권 국가를 세우겠다니? 제정신인가?"

"절대왕권이라니요? 절대왕권 같은 건 없습니다."

"아니, 그런데 중세 왕정이라는 게 말이나 되느냐고!"

아프가니스탄의 사령관인 앨버트 라이스는 언성을 높였다.

아무래도 편하게 말하라고 하니까 진짜로 욱하는 마음이 올라오는 모양이었다.

그런 앨버트 라이스에게 노형진이 차분하게 말했다.

"제 의견서를 한번 제대로 보고 말씀하세요."

"의견서고 나발이고……."

"읽어 보고 말씀하시라니까요."

그 말에 앨버트 라이스는 눈을 찡그리면서 의견서를 읽기 시작했다.

도대체 뭔 병신 같은 상황이기에 상부에서 이런 말도 안 되는 사항을 승인했는지 이해가 되지 않았으니까.

하지만 노형진이 작성한 의견서를 읽을수록 그는 소름이 돋았다.

"이거…… 미국…… 아닌가?"

"정확하게는 민주주의에서는 지방자치주의라고 하죠. 단 하나, 선거가 빠진 것뿐입니다."

"선거가 빠진…… 것뿐?"

"네. 음, 중세에 대해 얼마나 잘 아십니까?"

"그거야……."

사령관이 아는 건 사람들이 아는 딱 그 수준이었다.

역사학자가 아닌 이상에야 딱히 중세라는 시대에 대해 잘 알 필요가 없으니까.

"중세에 절대왕권이 유지되던 시기는 그다지 길지 않았습니다. 십자군 전쟁은 절대왕권으로 인해 생긴 전쟁이 아니라는 말이 있을 정도지요."

외부적으로는 십자군 전쟁이 이슬람 문명과의 대립 그리고 기독교 문명의 전파 등으로 포장되어 있지만 진실은 좀 다르다.

"커져 가는 귀족 세력에 대한 견제 목적과, 귀족에게 줄 영토의 확보가 바로 십자군 전쟁의 주요 목적 중 하나였습니다. 사실 이런 전쟁은 너무 흔해요. 한국에는 이런 말이 있습니다. 토사구팽."

토끼 사냥이 끝나면 사냥개를 잡아먹는다는 말이다.

"전쟁이 커지고 규모가 커지면, 그 전쟁이 끝난 후에 군축은 필수입니다."

문제는 민주주의 정권에서도 그건 쉽지 않다는 거다.

당장 한국만 해도 장군들의 자리를 지키기 위해 장애인까지 강제로 군에 끌고 가고 있지 않던가?

한국 역사에서 가장 큰 전쟁 중 하나인 임진왜란도, 휘하의 장군에게 줄 땅이 부족해진 도요토미 히데요시가 그만큼의 땅을 구하든가 아니면 장군들을 처리하기 위해 일으킨 전쟁이라는 학설이 있을 정도다.

"그거랑 이번 일이 무슨 관계야?"

"지역의 패권자가 가진 힘에 대해 말하는 겁니다."

"지역의 패권자?"

"패권자가 가진 힘은 절대적입니다. 그러니 이를 이용해 그의 자리를 보전해 주겠다고 제안할 경우, 패권자는 자리를 지키기 위해서라도 미군에 협조할 겁니다."

"뭐?"

"간단하게 생각해 보세요. 갑자기 독재자에게 '내일부터 투표를 통해 새로운 대표를 뽑을 테니 너 나가.'라고 하면 나가겠습니까?"

당연히 안 나간다. 도리어 이쪽에 반기를 강하게 들 거다.

실제로 그런 자들이 현재 지역의 탈레반을 이끌고 있다.

"지금 미국이 처한 상황이 딱 그겁니다."

아프가니스탄은 민주주의국가도, 왕래하기 쉬울 정도로 발전된 나라도 아니다.

자가용이라는 것 자체가 귀하고 전 국토가 위험한 땅인지라, 대부분의 사람들은 태어난 지역에서 살다가 죽는다.

일부 도로가 있고 그곳을 따라 왕복하는 버스가 없는 건 아니지만 그게 모든 사람의 이동권을 보장한다는 뜻은 아니다.

"그러니까 우리가 해야 할 일은 민주주의를 정착시키는 것이 아닌, 지역 토호를 만드는 겁니다. 지역 토호를 포섭한다고 표현하는 편이 정확하겠네요."

"토호를 포섭한다?"

"맞습니다."

지역에서 강력한 권력을 가진 토호 세력을 포섭해서, 최소한 그 지역에서의 통치권은 보장하자는 것.

그게 노형진이 내놓은 하나의 핵심 요소였다.

"다만 혜택은 주지만 동시에 책임을 면제해 주는 게 핵심이죠."

"뭔 말도 안 되는 소리란 말인가?"

혜택은 주면서 책임을 면제한다? 그게 말이나 된단 말인가?

하지만 노형진은 이미 계획이 다 있었다.

"책임이라는 건 말입니다, 누구나 피하고 싶은 겁니다."

"그건 당연한 거지."

"그런데 그 책임이 없다면 성장도 없습니다."

"뭐?"

"인간은 그 순간 안주하게 된다는 거죠."

만일 노형진이 토호를 포섭해서 그들에게 한 지역의 지배권을 확립해 준다고 치자. 그러면 어떤 일이 벌어질까?

"물론 그 과정에서 선을 넘는 권력을 줄 수는 없죠."

가령 법치를 건드리는 영역, 즉결 처형 같은 건 인정할 수 없다.

하지만 이런 건 가능하다.

지역민이 번 수익에 세금을 물려서 일부 챙기게 해 준다거나, 땅이나 물건의 거래에 세금을 붙일 수 있는 권리 등을 주는 것.

"그걸 통해 이권을 챙길 수 있게 해 주는 거죠. 어느 정도까지."

"그런데?"

"그 대신에 실무는 우리가 하는 겁니다."

말 그대로 토호 세력은 실무는 없이 돈만 받아서 챙기는 거다. 과연 그걸 싫어할까?

싫어하지 않을 거다.

왜냐하면, 거의 모든 집단이 권력과 이권을 챙길 때 그에 상응하는 책임도 져야 하기 때문이다.

조선 시대 왕들이 얼마나 치열하게 살았던가.

일본에서는 조선의 역사를 부정하기 위해 '조선의 왕들은 무능했고 자기 욕심만 차렸다.'라고 주장하지만 현대에 와서 《조선왕조실록》의 기록을 보면 '이건 어른 학대다.'라고 말해도 이상할 게 없을 정도로 엄청난 양의 일과 공부에 매달렸다.

수많은 후궁과 궁녀?

밤에 뭔가 하는 것도 체력이 있어야 가능한데, 조선의 왕들은 그 짓거리도 체력이 없어서 못 할 판이었다.

심지어 그런 짓조차도 대를 이어야 한다는 목적성 때문에 진짜로 의무 방어전으로 하던 게 조선 시대 왕이다.

그것도 무려 네 명의 상궁이 감시하는 와중에 말이다.

그만큼 조선 시대 왕들의 책임은 어마어마했다.

"책임이 없으면 성장도 없다?"

"네."

"하지만 욕심을 부릴 수도 있지 않나?"

"그래서요? 뭘 어쩔 건데요?"

어느 정도 시간이 지나면 그들이 욕심을 가질 수는 있다. 그건 인간이니까 당연한 거다.

하지만 이미 모든 실무는 미국에서 뽑은 친미계 인사들이 하고 있을 테니, 무장해서 모든 것을 엎어 버릴 수도 없다.

돈이야 어떻게 조금 더 **빼돌릴** 수 있을지도 모르지만 그건 말 그대로 푼돈일 뿐이고.

"왜냐하면 애초에 군대라는 것 자체가 없을 테니까요."

그들에게 권력을 주는 대신에 지역 방어는 마이스터 민간 군사 기업에서 진행한다. 그리고 그 후에 실무도 모조리 아래에서 알아서 한다.

물론 돈을 쥐고 탱자 탱자 놀 때는 아무래도 좋을 거다.

"실제로 한국에서 토호란 그렇게 만들어지죠."

서장이라는 작자, 우체국 국장이란 작자들 그리고 나름 지방에서 힘이 있는 놈들이 하나의 세력을 이뤄 토호가 되어서 온갖 범죄를 일으킨다.

"그런데 말입니다, 우리가 아래에서 명령을 들어 처먹을 수 없도록 시스템을 만들면 어떻게 되겠습니까?"

그들이 지역에서 모가지에 힘 좀 주고 다닐 수 있는 건, 그들이 그 지역에서 권력을 휘두를 수 있기 때문이다.

예를 들어 농협의 지점장이 권력이 센 건 그 지역에서만큼은 그의 말 한마디면 불법적인 대출도 가능하고 합법적인 대출도 막아 버릴 수 있기 때문이다.

"하지만 실무를 모두 위에서 감시한다고 하면 어떨까요?"

중간 직원이 보고를 지점장이 아닌 본사에 올리는 거라면 과연 그의 파워는 어떻게 될까?

"우리는 그걸 입헌군주제라고 부르지요."

물론 진짜 법적으로 군주제를 실현하겠다는 뜻은 아니다.

하지만 구조가 흡사하다.

영국과 일본에는 왕실이 존재한다.

그들은 매년 막대한 예산을 받으면서 풍요로운 삶을 살아간다.

하지만 정치적인 판단을 하는 등 실무에 관여하지는 않는다.

"다만 국가의 대표로서 존재할 뿐이죠."

그러면 나중에는 어떻게 될까?

진짜로 사회가 발전하고 조직이 안정되면 그들은 그냥 돈좀 있는 평범한 일반인이 될 것이다.

그때서야 그들은 아차 싶겠지만, 이미 비슷한 급의 사람들이 많아진 상황에서 그들의 권력은 무너질 수밖에 없다.

"입헌군주제라니."

앨버트 라이스는 왠지 묘한 기분이 들었다.

처음에는 이게 가능할까 싶었는데 설명을 듣다 보니 불가능하지도 않겠다 싶었기 때문이다.

한 지역에서 권력을 잡은 자들이라고 해서 무조건 지혜로운 존재인 건 아니니까.

물론 과거 기준으로는 지혜로운 노인이었을지 모르나, 현대의 치열하고 복잡한 정치 싸움에 익숙한 놈들은 또 아니다.

"그건 알겠는데, 그들에게 이제 와서 협상하자고 하면 받아들일까?"

"당연히 아니죠."

미국은 이미 아프가니스탄에서 온갖 병신 짓을 다 저질러 놨다. 당연히 이제 와서 지역 토호들에게 '우리 사이좋게 지내죠.'라며 다가가 봐야 의미가 없다.

당장 탈레반이 그렇게 강력한 힘을 자랑할 수 있는 이유가 뭔가? 바로 지역 토호들이 그들에게 막대한 지원을 하는 덕분이 아닌가?

"그러니까 그것부터 끊어야 합니다."

"그러니까 무슨 수로! 그게 문제잖나!"

지역 토호들이 탈레반에 주는 돈만 줄일 수 있다면 아프가니스탄의 혼란은 확실히 줄어들 것이다.

"간단합니다. 저희랑 싸워야지요."

"뭐?"

"저희 마이스터 민간 군사 기업과 싸우시면 됩니다."

그 말에 앨버트 라이스는 어이가 없다는 얼굴이 되었다.

⚖️

마이스터 민간 군사 기업.

정식 명칭 아레스 밀리터리 그룹은, 돈을 받으면 대신 싸워 주는 군대다. 쉽게 말해서 용병이다.

물론 내부적으로는 선을 위해 싸운다지만, 외부적으로는 그냥 돈에 팔린 놈들일 뿐이다.

"넌 미친 새끼야. 알아?"

"알지. 그러니까 말 좀 잘해 봐. 미군에서 잘만 되면 나중에 현용 무기 팔아 준다잖아."

"미친 새끼. 이런 미친 소리를 하는 놈은 또 첨 본다."

남상진이 보기에 노형진은 진짜 미친놈이었다.

그럴 수밖에 없는 게, 다른 나라도 아닌 미국과 싸우겠다고 했기 때문이다.

물론 자세히 파고들어 보니 이야기가 좀 다르기는 했지만 말이다.

"그러니까 중심이 될 만한 놈을 좀 추천해 달라고. 우리를 고용해서 미국과 대립각을 세워도 될 만한, 하지만 동시에 친미적이면서 아프가니스탄 놈들이 의심하지 않을 만한 사람으로 말이야."

"끄응."

그 말에 남상진은 머리를 쥐어짜기 시작했다.

결코 쉬운 조건이 아니었던 탓이다.

"대놓고 네가 하면 안 되냐?"

"되겠냐?"

한국은 미국과 친하다. 당연히 한국인인 노형진이 미국에 반기를 들겠다 한들 아프가니스탄의 토호들이 받아들여 줄리가 없다.

"그리고 내가 아프가니스탄에 계속 있을 수는 없잖아."

"그건 그렇지."

"그러니까 중간에서 적당히 가면을 쓰고 일해 줄 사람이 필요해."

미국과 사이가 좋지만 동시에 미국과 사이가 안 좋다고 봐도 무방한 인간.

그래서 미국에 반기를 들어도 아프가니스탄에서 이상하게 생각하지 않을 사람.

필사적으로 기억을 더듬던 남상진의 입에서 이윽고 한 사람의 이름이 흘러나왔다.

"그런 사람이라면 타리크 모만드가 적격이기는 한데……."

"타리크 모만드?"

"그래. 뭐, 미국 입장에서는 좋아하지는 않지만 또 싫어하기에도 애매한 친구야."

"어째서?"

"탈레반 부사령관 이탈라 모만드의 동생이거든."

"뭐? 그건 너무 위험한데."

"아니, 내 말을 들어 봐. 타리크 모만드는 이탈라 모만드랑 완전히 정반대야."

원래 그들의 집안은 아프가니스탄에서 알아주던 집안이었다고 한다.

과거 아프가니스탄이 정치적으로 안정되었던 시절, 정확하게는 아프가니스탄 공화국 시절 그의 할아버지가 장관을

지냈을 정도로 돈도, 명망도 있던 집안이었다고 한다.

"그런데?"

"그 이후에 개판 됐지. 한국으로 치면 역사가 집안을 박살 냈다고 해야 할까?"

"역사가 집안을 박살 냈다고?"

"그래. 타리크 모만드의 아버지는 공산주의자였거든."

그래서 아프가니스탄 공화국이 무너진 후 그 자리에 아프 가니스탄 민주공화국이 들어서고 공산주의로 돌아서자 또 한자리를 차지했다고 한다.

"그러다가 구소련이 쳐들어오면서 다 개판 난 거지."

구소련이 쳐들어온 후에 아프가니스탄에서는 친소련 정치 인들이 모조리 축출되었는데, 그중에는 타리크 모만드의 아 버지도 있었다.

일가는 살기 위해 미국으로 도망쳤고, 그 와중에 이탈라 모 만드는 이슬람에 심취해 탈레반의 핵심으로 급부상했다는 것.

"그러면 타리크 모만드, 그 사람은?"

"그냥 정치학을 공부한 미국인이지."

물론 아버지 대에서 도망쳐 올 때 적잖은 돈을 가지고 왔 기 때문에 돈도 좀 있고 또 정치적으로 친서방적인 마인드를 가지고 있다고 한다.

"그건 좋은데, 문제는 이탈라 모만드네?"

"이탈라 모만드랑은 사이가 안 좋아."

"안 좋다고?"

"이탈라 모만드가 자기 몫의 재산을 내놓으라고 했는데 안 줬거든."

"그럴 만하네."

원래 재산이 좀 있는 집안이었으니 형 몫의 재산도 적지 않을 거다.

문제는 이탈라 모만드가 탈레반이라 미국의 감시 대상이라는 거다.

그런데 재산을 넘겨주면 이탈라 모만드는 그 돈을 탈레반 활동 자금으로 쓸 테니, 타리크 모만드는 아마 테러 자금 제공 혐의로 끌려가서 험한 꼴을 면하지 못하게 될 거다.

당연히 타리크 모만드는 재산을 주지 않았고, 그 일을 계기로 이탈라 모만드와 타리크 모만드의 사이는 극단적으로 틀어졌다고.

"그리고 타리크 모만드는 철저하게 미국적인 사상을 가진 사람이거든."

"어째서?"

"할아버지가 이룩한 걸 모조리 해 처먹은 게 아버지와 형이니까."

그렇다 보니 공산주의도, 탈레반도 치를 떤다고.

"흠, 그런데 의외네. 네가 그런 사람을 다 알고?"

이탈라 모만드라면 모를까, 타리크 모만드라면 브로커인

남상진과 그다지 관계없는 삶을 살 거라 생각했기 때문이다.

그런데 생각지도 못한 말이 돌아왔다.

"뭔 소리래. 걔도 브로커야."

"뭐?"

"아프가니스탄 사람이 미국에서 정치학 학사를 따 봤자 뭐 하겠냐?"

"아, 그렇겠네."

애매하게 높은 학력이다.

차라리 이공계라면 모를까, 정치계는 다른 나라 사람들을 잘 받아 주지 않는다.

심지어 미국의 주류인 백인이나 흑인도 아니고, 숫자가 많은 히스패닉도 아닌 아프가니스탄인? 거기다 박사도 아니고 고작 학사?

"할 게 없기는 하겠다."

"그래. 그래서 다른 사람 아래에서 브로커로 일을 배웠는데, 독립한 지 얼마 안 됐어."

"일은 잘하고?"

"영 아니지."

브로커로 일하려면 윗선과 긴밀한 관계를 만들고 유지하는 것을 잘해야 한다.

문제는 타리크 모만드가 긴밀한 관계를 만들기에는 여러모로 능력이 부족하다는 거다.

남상진이 잘난 척하듯 말했다.

"브로커라는 건 말이야, 넉살이 좋아야 한다고."

"넉살이 좋은 게 아니라 양심이 없는 거겠지. 그런데 내 계획에는 좀 뻔뻔한 사람이 필요한데. 말도 못하는 그런 놈이면 곤란해."

"아, 물론 말은 잘하지. 말 못하는 놈이 정치하겠다고 정치학을 배우겠냐? 정치는 혓바닥이 절반인데. 그래서 넉살도 꽤 좋은 편이고 그런데 결과적으로 그놈은 브로커로는 실격이야. 가장 큰 문제는 출신이지."

"출신?"

"응. '그 출신'은 브로커 일에 방해되니까."

남상진의 말에 노형진은 잠시 의아한 표정을 지었으나 이내 본래 화제로 돌아왔다.

"그러면, 아프가니스탄에서 권력자 역할을 맡아야 한다면 그 사람이 하겠다고 할 가능성이 있을까?"

"그놈을? 권력자로?"

"그래."

"글쎄. 물어봐야지. 하지만 할 가능성이 높겠지."

브로커는 먹고살기 위해 하는 일이 아니다. 야심은 있는데 큰 목적은 없으면 브로커 같은 건 안 한다.

그런데 능력이 안된다? 그러면 미래는 없다.

"하지만 나중에 변질될 가능성도 무시 못 해. 알지?"

이것이 법이다

"알지. 아니까 내가 새로운 시스템을 도입하려는 거고."

노형진은 미소를 지으며 말했다.

"중요한 건 그 누구도 권력을 가지지 못하게 된다는 거지, 후후후."

그저 권력을 가졌다는 착각에만 빠질 뿐.

그리고 그들이 그걸 깨달았을 때는 이미 돌이킬 수 없는 강을 건넌 후일 것이 뻔했다.

⚖️

타리크 모만드는 노형진의 제안에 고민했다. 그러나 얼마 지나지 않아서 그 제안을 받아들이기로 했다.

왜냐하면 정말로 그가 성공할 가능성이 눈곱만큼도 보이지 않았기 때문이다.

아무리 노력해도 아프가니스탄인이라는 그의 출신은 윗선과 긴밀한 관계를 만드는 데에 넘을 수 없는 장애가 되었다.

그래도 출신은 개인적인 문제이니 사력을 다하면 어느 정도 해결할 수 있을지도 모르지만……

"하지만 제 형으로 인한 문제는 방법이 없더군요."

그의 형 이탈라 모만드는 탈레반 내부에서도 강력한 힘을 가진 리더 중 한 명이다.

그리고 무명의 탈레반도 아니다 보니 미국에서는 최대의

감시 대상이자 최고의 위협 등급으로 취급되고 있었다.

"그게 문제가 되더군요."

브로커는 은밀하게 움직여야 한다. 그리고 때때로 온갖 더러운 일도 해야 한다.

그런데 이탈라 모만드가 감시 대상이다 보니 자연히 타리크 모만드도 현실적으로 감시 대상에 들어갈 수밖에 없다.

"제가 아무리 억울하다고 이야기해도 해결책은 없었습니다."

이미 감시 대상인 사람과의 거래?

그건 아차 하면 미 정부의 감시 대상에 들어갈 수 있다는 소리다.

은밀하게 일하기를 원하는 사람들에게 그런 브로커는 필요가 없었다.

다른 브로커가 없는 것도 아닌데 누가 굳이 위험부담을 감수하겠는가?

"그런데 도리어 그 점이 저한테는 도움이 된다고요?"

"네."

"탈레반이 도움을 요청할지도 모릅니다."

"걱정하지 마세요. 그건 오래가지 않을 테니까."

그렇게 말한 노형진은 타리크 모만드를 진지한 눈으로 쳐다보았다.

"일단 중요한 건 타리크 모만드 씨가 저희와 함께 일할 생각이 있으시냐는 겁니다."

"마음은 굳혔습니다."

미국은 분명 살기 좋은 나라지만 자신의 나라는 아니었다.

단순히 잘 먹고 잘산다는 목적이라면 몰라도, 더욱 성장하는 게 목적이라면 미국은 자신에게 기회를 줄 가능성이 전혀 없었다.

"좋습니다. 그러면 우리 계획에 대해 자세하게 설명해 드리죠."

노형진은 타리크 모만드에게 자신이 준비한 계획을 차근차근 설명해 주기 시작했다.

그 말을 들으면서 타리크 모만드는 기분이 묘해졌다.

'무섭다.'

누군가가 무섭다는 생각은 해 본 적이 없었다.

하지만 노형진의 계획은 수십 년간 박멸하지 못했던 탈레반을 박멸할 수 있는 가장 좋은 방법이자, 사실상 내전 상태나 마찬가지인 아프가니스탄을 단시간에 안정화할 수 있는 좋은 방법이었다.

"좋습니다. 그러면 제가 나서서 사람들을 포섭하죠."

"네. 물론 그걸 위해 저희가 적당한 명함 하나를 파 드리도록 하겠습니다."

노형진은 씩 하고 웃었다.

얼마 뒤 타리크 모만드는 아프가니스탄으로 돌아왔다.

어린 시절에 떠난 아프가니스탄은 지옥처럼 변해 있었다.

'한때 화려했던 모습은 다 어디 가고.'

쓸 만한 건물은 모조리 박살 나다시피 했다. 소위 말하는 최신식 건물은 대부분 사라진 지 오래.

남은 건 무너진 건물의 폐자재와 흙을 이용해서 만든 허름한 건물들이 대부분이었다.

고층 건물이나 화려한 건물들은 주요 표적이 되기 십상이기 때문이다.

그나마 미군이 관리하는 지역에는 일부나마 그런 건물들이 남아 있었지만, 조금만 외곽으로 나가도 텅 비어 있는 공터나 가난한 사람들의 절망 외에는 남아 있는 것이 없었다.

'이걸 고쳐야 한다.'

사실 타리크 모만드는 더 이상 이슬람교 신자가 아니었다.

그래서 그의 형은 그가 알라를 배신했다고 주장하지만, 타리크 모만드 자신이 보기에 알라를 배신한 건 탈레반 놈들이었다.

탈레반이라는 말은 학생이라는 뜻이다. 정확하게는 이슬람 원리주의를 공부하는 학생을 가리키는 말이다.

그러니 이런 짓을 해서는 안 된다.

율법 어디에도 나라를 이렇게 망치라는 이야기는 없었다.

"타리크 모만드, 손님들이 오셨습니다."

이곳에서 고용한 남자가 타리크에게 정중하게 말했다.

한때 이 지역의 패권을 잡고 있던 집에서 일했다는 그는 그 권력자가 탈레반에 투신한 후에 놀고 있다가 타리크 모만드에게 고용되어서 그런지 매사에 아주 깍듯이 행동했다.

"좋습니다. 가지요."

타리크 모만드는 그의 말에 사람들이 모여 있는 곳으로 향했다.

"당신이 타리크 모만드입니까?"

"우리에게 할 말이 있다고요?"

모여든 사람들은 다른 사람들과는 확연하게 다른 모습을 하고 있었다.

화려한 의복과 뚱뚱한 체형은 그들이 이 가난한 나라에서 얼마나 잘 먹고 잘사는지를 보여 주었다.

"네. 반갑습니다. 타리크 모만드입니다."

그때 누군가의 목소리가 들렸다.

"흠, 많이 컸군. 오랜만이야."

"절 아시나요?"

"당신 아버지가 살아 있었을 때 왕래가 있었다네."

그 사람의 말에 타리크 모만드는 쓰게 웃었다.

그 말은, 한때 공산당의 핵심 인물이었다는 소리이기 때문이다.

물론 그건 의미가 없다.

왜냐하면 구소련이 아프가니스탄을 침략하면서 자연스럽게 소련은 적성국이 되었으니까.

"그래서, 우리에게 모여 달라고 한 이유가 뭔가?"

"미국에서 자네에게 도와 달라고 하던가?"

"그게 아닙니다."

"그러면?"

"미국과 협상할 생각입니다."

"무슨 협상?"

"우리의 권리를 인정해 달라고 할 생각입니다."

"웃기는군. 그놈들이 그럴 것 같아?"

"물론 미국 놈들은 그러지 않을 겁니다. 하지만 마이스터는 인정할 겁니다."

"무슨 소리야?"

"마이스터는 또 어디야?"

물론 마이스터는 전 세계에서 가장 유명한 기업이다.

하지만 아프가니스탄은 주식시장도 인터넷도 제대로 없기에 당연히 마이스터에 대해 아는 사람이 극히 드물었다.

"미국과 손잡은 지원 기업입니다. 여기에서 일하게 된 아레스 밀리터리 그룹이 그들 산하의 군사 기업이죠."

그 말에 남자들은 눈을 찡그렸다.

마이스터는 잘 모르지만 아레스라는 이름은 최근 몇 번 들어 봤기 때문이다.

　"안 그래도 그놈들이 미국을 대신해서 업무를 보기 시작했다는 소문은 들었어. 그런데 그 새끼들이 협상하자고 한다고?"

　그 말에 타리크 모만드는 고개를 끄덕거렸다.

　"미국 놈들은 돈이라면 환장하죠. 돈이 뭐든 해결할 수 있다고 생각합니다."

　"그래서?"

　"그래서 돈으로 아프가니스탄 문제를 해결하겠다고 나섰습니다."

　"지랄. 이제 와서?"

　다들 그 말에 코웃음을 쳤다.

　그럴 수밖에 없는 게, 아프가니스탄에 미국이 꼬라박은 돈이 수십조 달러다.

　그 돈이면 아프가니스탄 전부를 사고도 남을 정도였지만 결국 미국은 아무것도 해결하지 못했다.

　"아시겠지만 미국은 아프가니스탄에서의 탈출을 계획하고 있습니다."

　그 말에 몇몇 남자들의 얼굴이 창백해졌다.

　그럴 수밖에 없다.

　일부는 탈레반과 은밀하게 손잡고 있지만 반대로 탈레반이 아닌 미국이 부의 원천인 자들도 있기 때문이다.

'그리고 현실적으로 탈레반이 약속을 지킬 만한 놈들도 아니고 말이지.'

탈레반은 이들의 지원을 받으면서 아프가니스탄을 수복하면 그 보답을 하겠다고 말하고 있다.

하지만 그럴 놈들이 아니다.

극히 일부를 제외하면, 탈레반은 무식한 데다 신념도 없다.

애초에 이들과 거래한다는 놈들도 탈레반 최상위층이다.

아래 일반 전사 계급에서 와서 죽여 버리면 답도 없다.

그리고 원래도 그랬다.

원래 탈레반은 아프가니스탄을 수복하면 세속 정치 기반 통치를 하겠다고 약속했다.

여성에게 교육의 기회와 치료받을 권리도 약속했다.

하지만 그 약속은 전혀 지켜지지 않았다. 그리고 그럴 거라는 걸, 이들도 안다.

"그래서 뭘 어쩌라는 건가?"

미국의 편을 들자니 미국은 권력을 다 내놓으라 하며 무지렁이들에게 투표니 뭐니 하면서 헛바람만 잔뜩 집어넣고 있고, 탈레반 놈들은 은근히 자기들의 지원은 다 받으면서 나중에 자기들 대가리에 납탄을 박을 생각이나 하고 있다.

"마이스터는 미국을 대신해서 대리 통치 시스템을 만들 생각입니다."

"돈 돈 하더니만 이제는 그마저도 돈으로 팔아먹는다?"

"미국 아닙니까?"

극단적인 자본주의의 나라.

그게 이들이 가진 미국의 이미지이고, 사실 그런 이미지가 틀린 것은 아니다.

"그래서 우리가 그 마이스터인지 뭔지 하는 놈들에게 무릎이라도 꿇고 빌기라도 해야 한다는 거냐?"

그렇게 말하는 사람의 목소리에서는 분노가 은은하게 느껴지고 있었다.

"아닙니다. 마이스터는 그럴 생각이 없습니다."

"그러면?"

"아프가니스탄 평의회를 만들어서 아프가니스탄의 운영을 도와줬으면 하더군요."

"아프가니스탄 평의회?"

"네. 마이스터의 조건은 간단합니다."

첫 번째, 투표는 없다.

정확하게는, 투표는 평의회 내부에서 이루어지는 직급 행정 업무에 관해서만 가능하다.

두 번째, 모든 업무는 평의회로부터 위임받아서 마이스터가 대리한다.

세 번째, 각 지역 평의회 의원들의 재산과 안전을 보장한다. 또한 법에서 정한 수준의 세금 징수 권한을 보장한다.

네 번째, 각 평의회가 누군가에게 부당하게 공격당하는 경

우 마이스터는 아레스 밀리터리 그룹을 용병으로서 전투에
참가시킬 수 있다.

"뭐?"

지금까지 미군은 어떤 기존 권력도 인정할 수 없다면서 길
길이 날뛰어 왔다. 그래서 계속 분쟁이 있었다.

그런데 갑자기 자기들의 권력을 인정하겠다니?

"도대체 왜 그딴 짓을 하는 거야?"

"마이스터는 미국이 아니니까요. 그러니까 외부에서 욕을
먹든 말든 신경 쓰지 않을 겁니다."

실제로 그렇다.

미 정부가 왜 그렇게 점령지에서 눈을 까뒤집어 가면서까
지 민주주의를 외치겠는가?

진짜 민주주의가 좋아서?

아니다. 그렇게 해야 국민들을 속이고 전쟁의 당위성을 주
장할 수 있기 때문이다.

"하지만 마이스터가 들어오면 이야기가 달라지죠."

기업은 욕먹는 걸 두려워하지 않는다. 투표 같은 걸로 영
향을 받을 집단이 아니니까.

"그러니까 우리를 인정한다 이거야?"

"정확하게는 지역 통치자의 도움을 받고 싶어 한다는 거죠."

그 말에 다들 관심을 가졌다.

사실 당연한 거다. 세상의 그 누가 자신의 권력을 남에게

양도하고 싶어 하겠는가?

"그래서 조건은?"

"조건은 없습니다. 다만 지역에 대한 관리 권한은 마이스터에 위임하는 형태로 운영될 겁니다."

"허울뿐인 말장난은 그만하지."

그 말에 누군가 날카롭게 말했다.

"우리가 바보인 줄 아나? 그래, 우리한테 세금 징수 권한을 준다고? 지금 세금이 나올 곳이 있기나 해서?"

"맞아. 장난하는 것도 아니고."

아프가니스탄은 가난한 나라다.

아니, 가난을 넘어서 생존이 힘든 나라다.

당연하게도 그런 힘든 상황에서 세금이 걷힐 리가 없다.

"뭐 어쩌라고? 결과적으로 우리보고 양귀비밭을 없애라는 거 아냐."

물론 지금껏 이를 위한 수많은 시도가 있었다.

아프가니스탄은 전 세계에 아편을 수출하는 최대 아편 생산국이다.

조사마다 다르지만 적게는 85%, 많게는 95%의 아편이 아프가니스탄에서 생산된다고 한다.

"그래, 현 정권도 결국 그 짓거리에 돈지랄만 했지."

현 정권도 미국의 도움을 받아서 그걸 박멸하려고 했다.

하지만 실패했다.

왜냐, 애초에 그거 말고는 할 수 있는 게 없었기 때문이다.

　농사? 농사를 지어도 아편을 파는 것보다 돈이 안 된다.

　애초에 농사를 짓기 위해 미국에서 종자를 공급하면 아프가니스탄 정부에서 빼돌려서 팔아먹는다.

　사실 미국에서 아프가니스탄에 꼬라박고 있는 돈의 대부분을 중간에 있는 놈들이 처먹는다.

　지역 유지들?

　애석하게도 지역 유지들은 빼돌릴 기회가 별로 없었다.

　웃기게도 그 많은 돈과 지원품을 빼돌린 놈들은 대부분 소위 선거라는 걸 통해 뽑힌 놈들이다.

　그들은 마치 한국 해방 이후 첫 선거 때처럼 온갖 장난으로 당선된 후로 온갖 더러운 짓을 하고 있다.

　"그렇기 때문에 마이스터는 그들을 믿지 않습니다."

　"그래서?"

　"그들에 대한 감사 권한과 처벌 권한을 우리에게 주겠답니다."

　그 말에 다들 혹했다.

　권력을 잡은 놈들이 길길이 날뛰면서 자신들을 얼마나 무시했던가?

　이제는 자기들이 권력자라고, 지역의 토호들을 얼마나 무시했던가?

　과거라면 사병을 이용해서 쏴 버렸을 테지만, 지금은 미군이 그들을 보호하기에 그러지도 못한다.

"물론 재판 권한은 마이스터가 가집니다."

즉, 여기에 있는 지역 토호들이 감사를 요청하면 조사와 재판은 마이스터가 하되, 유죄가 나오는 경우 그 처벌은 다시 토호가 결정한다.

물론 그 처벌은 100% 총살일 것이다.

운이 좋다면.

운이 나쁘면 더 잔인한 처형이 이루어질지도 모르고 말이다.

"흠."

"하지만 돈 문제가 여전히 안 끝났잖아. 세금은 눈 가리고 아웅 아니야?"

"눈 가리고 아웅이 아닙니다. 마이스터에서 아편을 사기로 했으니까."

"뭐……?"

"앞으로 마이스터에서 아편을 전량 구입할 거랍니다."

"미친 새끼들."

타리크의 말에 다들 깜짝 놀랐다.

아편이 뭔가? 마약이다.

전 세계에서 박멸하기 위해 지랄 발광을 하는 마약.

물론 일부 소량의 아편이 의료용으로 이용되기는 한다.

영화에 나오는 모르핀 같은 경우도 기본적으로 아편이 재료로 들어간다.

하지만 너무나 당연하게도 아프가니스탄에서 만들어지는 아편은 모조리 불법적인 루트로 유통되며, 전 세계에 어마어마한 숫자의 마약중독자를 만들어 내고 있다.

그런데 그걸 사겠다고?

"그걸 사서, 자기들이 전 세계에 뿌린대?"

"그건 아닐 겁니다. 하지만 불태우든 뭘 하든, 우리가 알 게 뭡니까?"

"그럴 만한 돈은 있고? 사업하는 새끼들이 손해를 보려고 하지는 않을 텐데."

"불가능한 것도 아니죠, 미국에서 아프가니스탄에 뿌려 대는 돈을 생각하면."

"끄응, 그건 그렇지."

실제로 미국에서는 한때 전략 중 하나로 차라리 아프가니스탄의 아편을 싹 다 구입해서 태워 버리자는 의견이 나오기도 했다.

의외로 그럴듯한 제안이었다.

그 비용이 미국이 아프가니스탄에 무기를 꼬라박는 것보다는 훨씬 적게 들기 때문이다.

더군다나 그렇게 해서 전 세계의 아편 공급량을 줄이면 아낄 수 있는 돈이, 과연 아프가니스탄에 들어가는 비용뿐일까?

아니다.

하지만 미 정부와 국회는 마약 생산자에게 돈을 주고 마약을 사는 것은 양심상 해서는 안 되는 일이라며 거부했고, 결국 아프가니스탄은 아편을 생산해서 끊임없이 전 세계에 공급하는 거대한 공장이 되어 버렸다.

"진짜로 산다고?"

"네. 아까도 말했다시피 그들은 기업입니다. 욕을 먹는다고 해도 신경 쓰지 않습니다. 돈만 된다면요."

그 말에 다들 혹하는 얼굴이 되었다.

그들은 매년 자기네 지역에서 얼마나 많은 양귀비가 자라는지, 그리고 그 양귀비가 얼마나 돈이 되는지 안다.

그런데 그걸 마이스터에서 산다? 그리고 세금을 걷을 권한을 준다?

"그래서, 그쪽에서 원하는 게 뭔데?"

다들 하나둘 타리크 모만드에게로 모여들기 시작했다.

그 모습을 보며 타리크 모만드는 속으로 쓰게 웃었다. 딱 노형진이 예상한 대로 굴러가고 있었던 것이다.

'미래가 어떻게 될지 궁금하네.'

하지만 한 가지는 확실했다.

그의 말대로 된다면 아프가니스탄에는 미래가 있을지도 몰랐다.

변호사와 사기꾼은 한 끗 차이

"앨버트 라이스가 지랄하던데?"

남상진은 히죽 웃으며 말했다.

"넌 또 언제 그쪽이랑 접촉한 거야?"

"브로커가 주요 장성이랑 안면 트는 건 의무야, 의무. 같이 네 욕 하면서 술 한잔했다."

노형진은 남상진의 말에 고개를 절레절레 흔들었다.

그렇다고 해서 뭐라고 할 생각은 없었다.

남상진은 자신의 부하가 아니니까.

같이 일하는 사람일 뿐이고, 사실 첫 만남은 그다지 좋지도 않았다. 그러니 자기 목적을 위해 노형진을 욕하는 것 정도는 모른 척할 수밖에 없다.

그 사실을 알기에 남상진도 천연덕스럽게 말하는 거고 말이다.

"그런데 그걸 나한테 일러바치는 이유가 뭐야?"

"다 좋다 이거야. 그런데 미친 거야? 아편은 사서 뭐 하게?"

"모으려고."

"미친 새꺄. 그러니까 그걸 모아서 뭐 하려는 거냐고."

　미국은 포기 직전에 최후의 수단으로 마이스터 민간 군사 기업을 고용한 거다. 그러니 영 실적이 없다면 칼같이 쳐 내고 바로 철수할 거다.

　물론 그렇다고 해서 마이스터가 아프가니스탄에서 쓴 돈을 안 줄 수는 없다. 이미 승인이 난 작전이니까.

　당연히 남상진이 미군으로부터 설명을 들어 알고 있을 거라고 생각했던 노형진은 말하다 말고 의아한 표정으로 남상진을 쳐다보았다.

"설명 안 해 줘?"

"기밀 사항이라고 하더라."

"하긴, 그건 그렇지."

"그러니 썰 좀 풀어 봐."

　그렇게 말하며 남상진은 자신의 품에서 뭔가를 꺼내며 웃었다.

　그걸 본 노형진은 기가 막혔다.

"도대체 소주는 어디서 구한 거야?"

"돈이 있으면 안되는 게 없지."

"그리고 나 술 안 마셔."

"내가 마시려고 산 거거든? 자, 어서 썰 좀 풀어 봐."

남상진의 말에 노형진은 한숨을 푹 쉬더니 맞은편에 앉았다.

확실히 이 계획이 기밀 사항이기는 하지만 나중에 도움을 받기 위해서라도 어느 정도의 정보는 남상진에게 제공해야 한다.

"그렇게 산 마약이 유통되지 않으면 탈레반의 자금줄이 줄어들 테니까."

전 세계 유통량의 최대 95%에 달하는 아편 공급처가 바로 아프가니스탄이다.

그럼 그걸 동네 사람들이나 보부상이 사다가 전 세계에 팔아먹을까?

아니다. 그걸 사다가 전 세계에 유통하는 건 탈레반이다.

"그건 알지. 그러니까 문제 아니야. 결과적으로 탈레반에 돈을 주는 꼴이잖아."

노형진은 남상진의 말에 혀를 끌끌 찼다.

하긴, 다들 그렇게 일차원적으로 생각했으니 이 전쟁이 끝나지 않은 거다.

'하긴, 복합적으로 판단하는 사람이 거의 없지.'

애석하게도 그것도 결국 재능의 영역이다.

심지어 국회의원조차도 그런 사람이 드물다.

물론 있기야 있겠지만, 탈레반에 돈을 준다는 그 행위가 꺼림칙하게 생각되면서 입을 다물게 된다.

실제로 미국도 그래서 아편 구입 계획을 포기한 거다.

"정확하게는 탈레반에 돈을 주는 꼴이 아니라 탈레반의 돈을 빼앗는 꼴이 되는 거지."

"응? 그게 무슨 소리야?"

"지금 탈레반이 왜 아프가니스탄에서 지지받는지 알아? 그들이 올발라서? 아니면 그들이 정의로워서? 아니야."

아프가니스탄에서 이슬람은 단순한 종교를 넘어 생활이다.

하지만 미국은 그걸 인정하지 않고 죽어라 기독교를 포교하려 하든가 아니면 무시하면서 자기네 방식을 강요한다.

"지금 그들의 방식을 인정하고 돈을 주는 건 탈레반뿐이니까."

"미국에서 뿌린 돈이 얼만데?"

"그 돈이 과연 어디로 갔다고 생각해?"

그 말에 남상진은 쓰게 웃었다.

실제로 그렇게 빼돌린 돈은 대부분 소위 정치인이라는 새끼들이 슈킹했으니까.

농민들에게 농사지으라고 지급하는 씨앗마저도 모조리 빼돌리는 게 아프가니스탄 정치의 현실이다.

그런데 과연 그들이 국가 예산을 정말 나라를 운영하는 데에 쓸까? 그럴 리가 없다.

"그래. 그러니까 결과적으로 대부분의 아프가니스탄 사람들, 특히 농민들의 거의 유일한 선택지가 양귀비 재배인 거야."

그리고 그걸 팔아서 수익을 내는 것이 그들이 살아남기 위한 유일한 방법이다.

"그런데 말이야, 우리가 사면 그들은 어떻게 하겠어?"

"뭘 어떻게 해?"

"탈레반 말이야."

"그거야 그 돈을 빼앗겠지."

"그래, 그러겠지."

"그게 문제인 거잖아."

"아니지. 우리가 그걸 문제화해야지."

"응?"

남상진은 눈을 끔뻑거리며 노형진을 쳐다보았다.

노형진이 갑갑한 표정으로 입을 열었다.

"방금까지 뭘 들었냐? 지금 돈을 주는 건 탈레반이야. 미국은 양귀비를 재배하는 농민들과 아무런 관련도 없고, 관계조차 만들어져 있지 않지. 그런데 우리가 마약을 돈 주고 사면 어떻게 되겠어? 탈레반은 농민들에게 돈을 주는 입장이 아니라 농민들의 돈을 빼앗는 입장이 된다고."

"어?"

"너도 알지? 전 세계에서 벌어진 전쟁에서 그 꼴이 된 군대가 얼마나 버티던?"

"아하! 그러네."

브로커라면 아무래도 전쟁의 속성에 대해 잘 알아야 한다.

그런데 민심이 이반된 군대들은 대부분 패배한다.

특히 철저하게 게릴라전을 할 수밖에 없는 집단은 민심이 이반되면 굶어 죽는 수밖에 없다.

"지금 탈레반은 게릴라전 중이야. 그런데 현지 주민들과 적대적 관계가 성립된다? 돌아 버리는 거지. 도대체 미군은 베트남전에서 배운 교훈은 어디다 팔아먹은 건지 모르겠다."

한국의 빨치산의 경우는 그나마 산속에 나무라도 있고 뭐라도 캐 먹을 걸 찾을 수 있었다.

하지만 여기는 아프가니스탄이다. 산에 있는 건 돌뿐이다.

"돈을 주는 군대에서 약탈하는 군대로 바꾸겠다 이거였어?"

"그래."

처음부터 바로 그리되기는 힘들 거다.

하지만 탈레반은 결국 살아남기 위해 그 과정을 선택할 수밖에 없다.

더 이상 양귀비를 팔 수 없고, 양귀비를 팔지 못하면 결과적으로 돈이 없을 테니까.

"그런데 말이지, 그 돈은 우리가 은행을 통해 줄 거란 말이야."

"현금이 아니라?"

"그래. 사실 현금으로 보관하면 위험하잖아."

"그건 그렇지."

아프가니스탄에서 현금을 쥐고 있으면 언제 어떻게 죽을지 모른다.

집에 쳐들어와서 싹 다 털어 가면 그만이니까.

"나도 결과적으로 탈레반에 돈을 줄 생각은 없어. 그러니까 은행을 이용하면 그것도 해결되지."

"그거야 도시 위주고. 시골에 은행을 만들 건 아니지?"

"물론 아니지. 그건 현금으로 줄 수밖에 없지."

"그런데?"

"그러니까 그들은 약탈을 당하겠지."

약탈을 당할 수밖에 없다.

그리되면 그들은 어떻게 할까? 다음번에도 현금으로 싹 다 가지고 갈까?

아니다. 돈을 조금씩 나눠서 생활 자금을 빼고는 도심 은행에 맡겨 둘 거다.

그것만으로도 탈레반으로 들어가는 돈의 양은 줄일 수 있다.

"그리고 말이야, 그 자체로도 아편의 생산량을 줄일 수 있어. 그 말은, 우리가 줄 돈도 줄어든다는 거지."

"어째서?"

"아편을 어떻게 만들지?"

"그거야 양귀비에서 뽑아내지."

"맞아. 양귀비에서 뽑아내지."

정확하게는 양귀비에 상처를 내고 거기서 나오는 즙을 가공하면 아편이 된다.

"그래서?"

"그런데 말이야, 그 즙은 양귀비가 죽으면 확 줄거든."

"당연한 거 아니야?"

"사람들이 집에 돈을 두지 않게 되면, 탈레반은 갈수록 현금을 빼앗을 수 없게 돼. 한계가 있지."

노형진이 말한 대로 대부분의 돈은 미국이 관리하는 영역 또는 지역 토호의 세력권 안에 있을 테니까. 그들을 건드리는 건 탈레반도 힘들다.

"그러면 결국 아편을 빼앗아야 하지. 하지만 탈레반 놈들이 잘도 양귀비에 상처를 내 가면서 시간을 들여 거기서 나오는 즙을 채집하겠다."

그랬다가는 미군 기지에서 출동한 기관총에 벌집이 될 거다.

"그러면 어떻게 하겠어?"

"어, 그러네."

당연히 양귀비즙이 나오는 부분만 싹 뜯어 갈 거다.

그렇게 되면 열 번 수확할 수 있는 양귀비에서 한 번밖에 수확 못 하고, 그 과정에서 말라비틀어지기 때문에 자연스럽게 한 번 수확할 때의 즙 자체도 줄어들 수밖에 없다.

"아마 기존의 10분의 1 이하로 줄어들겠지."

"이 새끼 진짜 머리 좋네."

단기적으로는 마약 업자에게 돈을 주는 것 같지만 현실적으로 보면 그들의 유통망 자체를 붕괴시키는 셈이다.

"그리고 양귀비를 박멸하고 싶다면 통제해야 하는 건 양귀비가 아니야."

"뭐? 그러면 뭘 통제해야 되는 건데?"

"뭐겠어? 바로 비료와 농약이지."

"응?"

"과연 양귀비는 병충해를 당하지 않을까?"

당연히 양귀비도 병충해를 당한다. 애초에 병충해가 없는 작물이라는 건 존재하지 않으니까.

양귀비가 아프가니스탄에서 잘 자라는 이유는 기후가 잘 맞기 때문이다. 그리고 다른 작물에 비해 물을 덜 필요로 하니 물이 귀한 아프가니스탄에서는 안성맞춤이었다.

하지만 그렇다고 해서 병충해가 없는 건 아니다.

도리어 이 지역의 벌레들은 척박한 환경 때문에 먹을 게 양귀비밖에 없다고 봐도 무방하다.

"만일 우리가 아프가니스탄에 공급되는 비료와 질병 치료에 필요한 약품을 통제한다면 어떻게 되겠어?"

"피해가 상당하겠네."

아니, 상당한 수준을 넘어서 초토화되는 데 얼마 걸리지 않을 거다.

"바나나가 그렇게 멸종했으니까."

"바나나? 이거?"

남상진은 뭔 소리냐는 표정으로 테이블에 놓인 신선한 바나나 하나를 집어 들었다. 그러고는 그걸 까서 입으로 넣으며 구시렁거렸다.

"맛만 있구만. 뭔 멸종이야?"

"옛날하고는 다른 품종이야. 사실 옛날 품종이 더 맛있다고 하더라고. 난 먹어 보진 않았지만 옛날 품종을 먹어 본 사람들의 이야기로는 그래."

원래 전 세계의 바나나는 그로 미셸이라는 종이 대세였다.

그런데 해당 종에 특히 취약한 질병이 퍼지기 시작하자 그로 미셸은 순식간에 씨가 말랐고, 지금은 대체 종인 캐번디시를 먹고 있는 거다.

"물론 양귀비는 유전적으로 완벽하게 동일하지는 않지."

바나나의 경우는 키우는 방식의 특성상 유전적 동일성이 발생할 수밖에 없기 때문에 생긴 일이다.

"하지만 양귀비라는 종 자체는 부정할 수 없으니까."

즉, 극히 일부는 병충해를 이겨 내고 살아남겠지만, 대부분은 그러지 못할 거다.

그리고 아프가니스탄의 농부들에게는 그렇게 병충해를 이겨 내고 살아남은 품종을 널리 퍼트릴 만한 과학기술력도 시설도 없다.

"순식간에 질병이 돌기 시작할 거야."

그리고 그나마 남은 것도 결국은 마이스터가 사게 될 테고 말이다.

그리되면 과연 아프가니스탄의 탈레반이 마약을 구할 수 있을까?

"장기 플랜이란 이런 거지, 후후후."

노형진은 씩 웃으며 말했다.

앨버트 라이스는 보고서를 보면서 혀를 내둘렀다.

"이게…… 이렇게 되나?"

"우리가 왜 이렇게 간단한 방법을 생각하지 못했는지 모르겠군."

장군들도, 심지어 파견 나와 있는 통치자문위원회 사람들조차도 인정할 수밖에 없었다.

"벌써 재배 지역의 20%가 감염되었다고?"

"네, 그리고 빠르게 퍼지고 있습니다. 올해 안에 70% 이상의 재배 지역이 병충해에 시달리게 될 듯합니다."

"허?"

마이스터가 쓴 방법은 간단했다.

바로 비료와 농약을 통제하는 것.

그 전에는 미국에서 이 지역의 농업 생산량을 늘릴 목적으로 어마어마한 양의 비료와 농약을 공급했다.

다만 그걸 가지고 가는 사람에 대해서는 그다지 확인하지 않았다.

그랬기에 그걸 가지고 가는 사람이 밀 농사를 짓는지 콩 농사를 짓는지 알 수가 없었다.

하지만 마이스터에서는 방법을 바꿔서, 농약과 비료의 공급에 차등을 두기 시작했다.

전처럼 신청하면 비료와 농약을 내주는 게 아니라 이쪽에서 파견된 사람이 직접 뿌려 버리는 거다.

농부 입장에서는 손해 볼 게 없는 게, 마이스터는 비료와 농약을 손으로 일일이 뿌렸던 과거와 달리 자체 생산된 드론을 이용해서 뿌리기 때문에 돈은 아끼면서 속도는 사람이 하는 것보다 훨씬 빨랐다.

또한 설사 손으로 뿌린다고 해도 마이스터에서 고용을 대리해 주었다.

즉, 돈은 농부가 내지만 마이스터에서 이미 고용한 전문 인부를 이용해서 하는 것이기에 굳이 사람을 구하겠다고 여기저기 뛰어다닐 필요가 없었다.

"하지만 그 때문에 양귀비를 키우는 사람들은 비명을 지르고 있다고 하더군요."

"그럴 만도 하지."

더는 비료를 줄 수 없게 된 탓에 양귀비는 척박한 아프가니스탄에서 키울 수 있는 한계가 명확했다.

아무리 씨를 뿌리고 관리를 한다고 해도, 화학비료로 대표되는 현대 대량생산 시스템을 이겨 낼 수는 없으니까.

"탈레반 놈들은 뭐 해?"

"그놈들이야 뭐 답 없죠. 아시겠지만 이 비료나 농약이라는 게 딱히 음지 시장이 있는 물건이 아니지 않습니까?"

"그건 그렇지."

사실 그래서 이들도 이럴 생각을 못 한 거다.

통제 대상이 아니었으니까.

하지만 마이스터는 통제했다.

지금 방식으로 바꾸자 중간에 빼돌리는 놈들이 손도 못 대게 되었던 것.

그리고 그렇게 빼돌려진 비료와 농약이 양귀비 농장으로 가지 못하게 되자 그들의 생산량이 급속도로 줄어들게 된 것이다.

"흠…… 그런데 마음에 안 드네."

"네?"

앨버트 라이스는 눈을 번뜩거렸다.

전체 수확량의 20%가 감염되었다. 그건 고무적인 일이다.

하지만 어떻게 생각해 보면 고작 20%일 뿐이다.

"왜 이렇게 느린 거야?"

"어쩔 수가 없습니다. 이곳 양귀비 농장은 우리처럼 대단위가 아니니까요."

서로 거리를 두고 은밀하게 운영되는 양귀비 농장이다. 그리고 대부분의 경우 서로 왕래도 하지 않는다.

그렇다 보니 병충해가 퍼지는 속도도 느릴 수밖에 없다.

고작 20%라지만, 이 정도면 사실 엄청나게 빠른 것이었다.

"더 빠르게 할 방법 없어?"

"우리는 딱히 할 수 있는 게 없습니다만."

"아, 거 있잖아. 중국에서 우리나라에 한 짓거리."

"네? 그게 무슨…… 아하!"

중국이 미국에서 한 짓거리.

방역을 막아 고의적으로 코렐09바이러스를 퍼트린 게 아니냐는 의심을 받았던 사건이었다.

물론 정식 조사 결과 미국에서는 증거 없음으로 판단하기는 했다.

하지만 사람들은 증거가 없는 게 아니라 미 정부가 증거를 인정하고 싶어 하지 않는다고 생각했다.

왜냐하면 그걸 인정하면 테러, 그것도 피해자만 수백만에 달하는 생화학 테러를 했다는 소리인데, 그러면 미국 정부는 전쟁을 피할 수 없고 미국이나 중국이나 핵을 가진 국가라 100% 핵전쟁이 일어날 테니까.

결과적으로 3차대전이기에 미 정부에서 어쩔 수 없이 혐의 없음으로 결론을 내렸다고 생각하는 게 일반적이었다.

"어차피 사람도 아니고 사회적으로 문제가 될 것도 아니잖아?"

"하긴, 그렇군요."

어차피 아편을 만드는 양귀비다. 키워 봐야 전 세계를 좀 먹는 물건일 뿐이다.

병충해에 걸린 걸 좀 구해서 아프가니스탄의 주요 지역에 전부 뿌려 버리면 양귀비는 빠르게 말라 죽어 갈 거다.

"우리가 몰랐으면 모를까, 알고도 그냥 당할 이유는 없잖아."

거기다 자신들의 가장 강력한 힘이 뭔가? 바로 공군력이다.

직접 갈 필요도 없이 그냥 하늘에서 감염된 양귀비만 뿌려 대면, 누구도 자신들이 그런 짓을 했다고 의심할 수 없다.

설사 의심한다고 한들 뭘 어쩐단 말인가?

아무리 마이스터에서 아편을 사 준다고 했다 해도 결국 양귀비를 키우는 건 불법이다.

"작전 좀 알아봐."

그렇잖아도 이번 계획이 실패하면 미군은 아프가니스탄에서 철수해야 한다. 그러면 앨버트 라이스의 입장에서는 자신의 커리어에 실패한 전적이 남는 거다.

물론 이제는 승진할 만큼 승진했고 그의 위에는 사실상 국방장관 한 명뿐이지만, 평생을 군인으로 살았던 앨버트 라이스의 입장에서 실패는 용납할 수도 없거니와 고작 아편과 탈레반에게 자신들이 진다는 것은 더더욱 용납할 수 없었다.

"슬슬 뿌려 봐, 걸리지 않게."

"네, 장군님."

"그리고 마이스터 놈들이 도움이 필요하다고 하면 좀 더 밀어줘."

"하지만 장군님께서는 그들을 싫어하셨잖습니까?"

"나는 원래 서류쟁이들 싫어해."

숫자만 붙잡고 낑낑거리고 총알 하나에 따지고 드는 행정 업무를 하는 담당자들을, 앨버트 라이스는 사실 좋아하지 않았다.

당연하다.

이들이 먹고 마시는 물의 가격이 500밀리리터 기준으로 2,400원 선이다.

그게 과연 미국에서는 얼마나 할까? 잘해 봐야 500원도 하지 않을 거다.

아무리 운송비가 많이 든다지만 그래도 이건 아니라고 생각하는 앨버트 라이스였고, 그가 보기에 이 돈지랄 전쟁의 원인은 바로 군수 지원이 민간에 위탁된 탓이었다.

"하지만 이렇게 실적이 보이는데 어쩌겠어?"

자신들이 십수 년 동안 어떻게 해서든 박멸하려고 했던 것 중 하나가 바로 양귀비와 아편이다.

하지만 매번 실패했다.

그런데 벌써 20% 이상 말아먹었단다.

그것도 사실상 돈 한 푼 안 쓰고.

아니, 그런 곳으로 흘러들어 가던 비룟값과 농약값을 아꼈으니 돈을 번 셈이다.

"탈레반에서 비료와 농약을 공급할 가능성은?"

"턱도 없습니다."

탈레반의 지원 라인은 엄청나게 많다.

사람들은 탈레반이라고 하면 아프가니스탄만 생각하는데, 탈레반의 주요 본거지는 파키스탄이다.

정확하게는, 사실상 파키스탄은 거의 이름만 남은 꼴이다.

파키스탄의 대부분의 영토는 탈레반이 지배하고 있고, 그 걸 파키스탄 정부는 암묵적으로 인정하고 있다.

인정하지 않으면 파키스탄 정부 자체가 탈레반에 뒤집어 져도 백 번쯤 뒤집어질 판국이니까.

더군다나 상황이 그 꼴인데도 파키스탄 정부는 아프가니스 탄에 대한 영향력을 키우고 싶어 해서, 자국 내 탈레반을 통해 아프가니스탄의 탈레반에게 엄청나게 지원을 해 주고 있다.

상식적으로 고작 7만 정도인 탈레반이 수십 년 동안 아무 런 지원도 없이 미국을 대상으로 아프가니스탄에서 싸울 수 있을 리가 없지 않은가.

미국도 그 사실을 알지만 그렇잖아도 아프가니스탄도 해 결 못 해서 지랄 났는데 파키스탄에까지 끌려 들어갈 수 없 어서 그냥 당하는 것뿐이었다.

더 웃긴 게 뭐냐면, 미국이 아프가니스탄을 지원할 때도 파키스탄의 협력을 받는다는 거다.

미국의 모든 물류를 비롯한 지원이 파키스탄을 거쳐서 아프가니스탄에 공급되며, 그 덕에 망해 가던 파키스탄의 경제가 많이 살아났다.

그런데 그렇게 번 돈으로 파키스탄은 탈레반을 지원하고 있는 것이다.

탈레반을 막기 위해 더 많은 돈을 아프가니스탄에 들이붓는 미국 입장에서는 다시 그 돈으로 탈레반이 지원받는 악순환이 계속되고 있다.

하지만 그 사실을 알고 있음에도 미국은 여러 가지 문제—아프가니스탄에 대한 지원, 그리고 파키스탄이 가진 핵무기 기술이 탈레반에게 넘어갈지도 모른다는 두려움— 때문에 모른 척하고 있다.

파키스탄의 핵무기 기술이 탈레반에 넘어가면 건물 하나 날리던 수준의 폭탄 테러가 도시 하나 날리는 수준의 폭탄 테러로 변할 테니까.

실제로 회귀 전 파키스탄은 미국이 아프가니스탄에서 철수한 후에 벌어진 탈레반의 아프가니스탄 점령전에 자국 군대뿐만 아니라 전투기까지 대놓고 보내 주었다.

그렇기에 앨버트 라이스의 입장에서는 이런 병신 짓에 넌더리가 난 상황이었다.

그가 보기에는 자기들 엿 먹이라고 자기들이 돈을 주는 꼴이었으니까.

그런데 십수 년 만에 돈 한 푼 안 들이고 상대방을 엿 먹이기 시작했으니 당연히 새롭게 볼 수밖에 없었다.

"아시겠지만 아무리 파키스탄이 탈레반에 온갖 물자를 공급한다고 해도 비료와 농약은 전투 물자가 아닙니다."

　쉽게 구할 수 있지만 동시에 부피가 큰 물건들이라 공급이 쉽지 않다.

　아무리 파키스탄이 막 나가도 그런 지원은 몰래 이루어지지 수백 수천 대의 차량으로 매일같이 이루어지지는 않는다.

　농약과 비료를 공급하려면 공급 라인이 커질 수밖에 없고, 그렇게 되면 미군에 발각될 가능성이 아주 커진다.

　실제로 파키스탄의 지원은 딱 탈레반을 유지할 정도이지 본격적으로 미국을 밀어낼 정도는 아니다.

"좋아, 그렇단 말이지."

　그렇다면 이번이 이 지긋지긋한 양귀비와 아편을 박멸할 기회일지도 몰랐다.

"전국에 뿌릴 방법을 찾아봐."

"네, 장군님."

"그나저나 궁금하군."

　앨버트 라이스는 보고서를 보면서 입꼬리가 저절로 올라가려는 것을 애써 억누르며 말했다.

"마이스터에서 어떤 마법을 부릴지 말이야."

"어? 이게 아닌데?"

"뭐가?"

"아니, 뭐가 이렇게 빨리 퍼지지?"

노형진은 보고서에 나온 결과를 보면서 머리를 긁적거렸다.

벌써 무려 50%의 양귀비 농장에 병충해가 번졌다는 보고서였다.

"난들 알겠냐? 근데, 그거 그냥 직접 받으면 안 돼?"

"그러기에는 위험해서 그래. 알잖아, 이건 은밀한 작전이야."

그래서 공식 라인으로 보고받아서는 안 된다.

만일 병충해 방치가 계획이라는 사실이 드러나면 그나마 조금씩 잡아 가고 있는 아프가니스탄 민심이 이반될 테니까.

그래서 공식 라인이 아닌, 보안이 되는 남상진의 라인을 이용해 보고를 받고 있는 상황이었다.

걸려 봐야 남상진이 꼬리 자르기를 할 테고, 설사 남상진까지 걸리더라도 거래도 없는 아프가니스탄에 신경 쓸 인간이 아니니까.

더군다나 타리크 모만드는 남상진의 사람이라 그를 통하는 게 안전했다.

"그래도 50%는 좀 너무한데."

"네가 양귀비에 대해 뭘 알아? 특정 질병에 취약한가 보지."

"하긴, 그럴 수도 있겠다."

당장 한국의 무궁화만 해도 키워 본 사람들은 안다, 무궁화가 얼마나 진딧물에 취약한지.

오래가서 무궁화라지만, 키워 보면 진짜 농약 없이는 못 키운다.

가만히 두면 줄기가 시커메질 정도로 진딧물이 달라붙는 게 무궁화다.

"내가 양귀비를 안 키워 봤으니 아나."

노형진은 머리를 긁적거리면서 다음 서류로 시선을 돌렸다.

"흠, 평의회는 활동 잘하고 있네."

아프가니스탄 평의회가 만들어지고, 그들이 하는 요구를 타리크 모만드를 통해 미국에 전달하고 있다.

그리고 미국은 노형진의 말대로 어지간한 건 들어주고 있는 상황이었다.

"다만 아프가니스탄 평의회에 대한 지역민들의 호응도는 딱히 좋지는 않아."

"당연한 거 아냐? 너는 세금 걷는 사람에게 좋은 감정을 가지겠냐?"

"뭐?"

"돈은 미국과 우리 마이스터가 쓰지. 그런데 평의회는 세금만 걷어 가. 실질적으로 그 돈은 그들이 쓰는 돈이지 지역에 쓰이는 돈이 아니란 말이야. 그러면 어떻게 되겠어?"

변호사와 사기꾼은 한 끗 차이 143

한국만 해도 그 돈이 국민을 위해 사용되는 걸 알면서도 아까워하며 세금을 안 내다가, 세금 체납팀이라도 오면 고래고래 소리를 지르면서 도둑놈이라고 욕하는 사람이 수두룩하다.

"그런데 순전히 거둬 가는 놈들 잘 먹고 잘사는 데 쓰이는 세금을 지역민이 참 좋아하겠다."

"노린 거야?"

"당연히. 결국 이들도 언젠가는 쳐 내야 하는 자들이란 말이지."

물론 당장 민주주의를 주장하거나 투표로 바꿀 수는 없다. 아직 그 정도로 정치적 견해가 발달한 국가가 아니니까.

"하지만 나중에 제대로 교육받고 정치적인 발전이 이루어지면 이들이 과연 제대로 된 자리를 차지할 수 있을까? 중세 귀족들이 어떻게 빠르게 무너졌는지 알잖아?"

"와, 독한 새끼. 그걸 노렸다고?"

"맞아."

몇 년이 걸릴지 모르지만 최소한 그때가 되면 이들은 살기 위해서라도 권력을 내려놔야 할 거다. 그러지 않으면 혁명의 대상이 될 테니까.

물론 진짜로 혁명으로 때려죽이기 전에 컨트롤하려고 하겠지만, 애초에 여기는 총기가 시장에서 닭 한 마리에 팔리는 나라다.

"탈레반이 박멸된 후에는 당연히 그들도 처리해야지."

"사기꾼 새끼네, 이거."

"원래 변호사랑 사기꾼은 한 끗 차이야."

둘 다 법을 잘 알고 그걸 이용한다.

다만 남을 위해 쓰느냐, 나를 위해 쓰느냐의 차이가 있을 뿐.

"뭐, 일단 그렇다고 치자. 그런데 이제 이걸 어쩔 거야?"

"뭘?"

"아편 말이야."

이제 슬슬 아편을 수확하는 철이 다가오고 있다.

산다고 공언했고, 실제로 그 약속을 알고 있는 평의회 위원들은 지역 내의 아편 농장을 철저하게 단속하고 있다.

왜냐하면 그들이 만든 규정에 따라 수익의 20%는 자신들에게 세금으로 내야 하기 때문이다.

그 말은 자신들이 알아낸 아편 농장이 많아질수록 더 많은 돈을 받을 수 있다는 소리다.

그러자 십수 년 동안 미국에서 알아내지 못한, 숨겨진 수천 개의 아편 농장들이 사방에서 튀어나왔다.

미군이 아니라 그 지역을 잘 아는 사람들이 뒤지기 시작하자 감출 수가 없었던 것.

"당연히 구입해야지. 약속은 약속이야."

"그 말이 아니잖아. 돈이 엄청나게 들 텐데?"

"글쎄. 생각보다 안 들걸."

노형진은 자신 있게 말했다.

"내가 사는 건 양귀비가 아니라 아편이야. 그리고 그걸 사고 싶어 하는 사람이 당연히 있지, 후후후. 그런데 그쪽은 나랑 경쟁하고 싶어 하지 않을걸."

⚖️

"뭐?"

탈레반에서 은밀하게 아편을 구입하는 일을 하던 수아크는 분노가 머리끝까지 차올랐다.

"이제 안 판다니까."

"뭔 개소리야? 매년 우리한테 팔아 왔잖아."

"너무 싸."

"싸다고? 매년 이 가격이었어."

"아니, 너무 싸. 미국에서는 이것보다 20% 더 줘."

"미친."

벌써 몇 번째나 이 소리를 듣고 있다.

그도 그럴 게, 실제로 노형진은 아편의 가격을 작년 기준으로 20% 더 준다고 발표한 상황이었으니까.

그에 반해 탈레반 입장에서는 한 푼이라도 더 아껴야 하기 때문에 그들은 벌써 십수 년째 똑같은 가격을 유지하고 있었다.

물론 노형진도 매년 생산되는 양을 기존 가격의 20%나 더 주고 산다면 피해가 어마어마하겠지만, 그는 생산량이 줄어들 거라는 걸 확신하고 있었다.

제대로 농약이나 비료도 안 준 데다가 심각한 병충해가 돌고 있으니까.

더군다나 탈레반도 상당 부분 가져갈 테니까.

그게 핵심이었다.

탈레반은 사 가지 않는다. '가져간다'.

"그러니까 미군에 팔겠다?"

"돈 더 줘. 그러면 너희한테 팔게."

농부의 말에 수아크는 화가 머리끝까지 치솟았다.

다른 놈도 아닌 미국에 아편을 팔겠다니.

자신들의 적인 미국에 말이다.

게다가 미국 놈들은 아편을 사서 자기들이 피우거나 팔지는 않을 거다. 아마도 전량 소각해 버리겠지.

그런데 그걸 알면서도 돈을 더 받기 위해 모조리 미국에 팔겠다는 것이다.

물론 농가 입장에서도 어쩔 수가 없다.

병충해가 돌아서 아편의 생산량이 평소의 절반밖에 안 되니까.

그런 상황에서 아편을 예전 가격으로 탈레반에 팔면 자신들은 먹고살 수가 없다.

그에 반해 미국은 20%를 더 쳐주니, 그 정도면 아슬아슬하게 1년간 먹고살 수는 있다.

굶어 죽느냐 아니면 먹고는 사느냐의 문제가 걸린 상황에서 농부의 선택은 명백했다.

"우리도 돈이 필요해. 돈을 더 주면 너희한테 팔게."

일반인에게는 너무나 당연한 말이지만 탈레반에게는 당연하지 않은 말이었다.

그도 그럴 게 그보다 훨씬, 그것도 거의 거저로 가져갈 방법이 있었으니까.

"이 이교도!"

"이교도 아니야!"

수아크의 말에 농부는 움찔했다. 탈레반이 말하는 이교도가 무슨 의미인지 바로 알아차렸기 때문이다.

하지만 이미 화가 머리끝까지 난 수아크 입장에서는 할 수 있는 행동이 정해져 있었다. 애초에 그도 선택지가 없었다. 맨손으로 돌아가면 자신이 죽을 테니까.

"알라 후 아크바르!"

"자…… 잠깐!"

하지만 농부가 뭐라고 하기도 전에 이미 수아크의 총에서 총알이 날아들었다.

훨씬 싼 가격, 그러니까 총알 몇 발이면 이들의 재산은 모두 자신들의 것이었다.

"아악!"

피를 뿜으며 쓰러지는 농부.

그 모습을 본 가족들이 달려왔다.

"모조리 이교도들이다. 죽여!"

"알라 후 아크바르!"

그렇잖아도 하루 종일 돌아다니면서 허탕을 쳐서 분노하던 다른 탈레반들도 가족들에게 총을 난사했다.

"히이익!"

"도망쳐!"

당연하게도 일부 인부들은 도망치려고 했지만 그걸 봐줄 수 아크가 아니었다.

그들은 도망가는 인부들까지 모조리 조준 사격해 죽여 버리고 소리를 질렀다.

"창고를 털어서 가지고 간다! 양귀비도 싹 다 수거해!"

그들에게 미래에 대한 고민 같은 건 없었다.

오로지 헛짓거리를 하고 다녔다는 분노와, 이대로 맨손으로 가면 자기들이 죽는다는 절박함뿐이었다.

"우리한테 안 판 이교도들의 농장을 오늘 싹 다 턴다!"

그들의 눈은 분노로 이글거렸다.

⚖️

타리크 모만드와 평의회 멤버들은 분노하고 있었다.

정확하게는, 평의회가 분노하고 타리크 모만드는 그들을 달래고 있었다.

"탈레반에서 내 농장을 습격했어요!"

"내 농장도 마찬가지입니다!"

물론 그들의 농장은 아니다.

하지만 세금이 나와야 하는 곳이 싹 다 털렸으니 그들 입장에서는 자기 농장이 털린 거나 마찬가지였다.

"당신네들은 그나마 나은 겁니다. 우리 쪽에서는 그 새끼들이 백 명을 죽였습니다! 백 명을!"

수확한 아편만 무력으로 빼앗아 간 곳은 그나마 다행이다.

진짜 미친놈들은 일가족과 일꾼들까지 모조리 이교도라는 이유로 쏴 죽여 버리고 싹 다 빼앗아 갔다.

사람이라도 살아 있으면 내년에라도 농사를 지을 수 있지만, 아프가니스탄에서 백 명이 넘는 사람들이 낼 세금을 잃게 된 토호 입장에서는 어이가 없어서 기가 막힐 정도였다.

사람이 죽은 거? 그건 중요하지 않다. 어차피 인간은 많으니까.

문제는 농사를 지을 사람이 없다는 거다.

아무나 가서 농사를 지으라고 하려 해도, 사람들이 몰살당한 땅에 갈 사람이 있을 리 없다.

설사 그곳에서 양귀비 농사를 짓는 사람이 있다 해도, 내년에도 탈레반이 다시 찾아올 것이다.

"이대로 두고 볼 겁니까?"

"하지만 무력을 가지는 건 불법입니다. 애초에 우리가 무력을 가지고 저항한다면 탈레반이 가만있을 리가 없지 않습니까?"

실제로 총기가 흔한 아프가니스탄이기에 일부 농부들도 AK 계열의 소총을 가지고 있었다.

아프가니스탄은 총을 다룰 줄 모르는 남자는 사람 취급도 하지 않는 나라니까.

그러나 아무리 그들이 총을 가지고 있다 해도 탈레반을 이기는 건 불가능했다.

몰려든 탈레반 아편 수거 팀을 어떻게든 몰아내는 데 성공한 일부 농부들도, 결국 이후 몰려든 백 명이 넘는 탈레반에게 일가족이 참수당해 목이 집 앞에 매달리고 말았다.

"하지만 미국에서 끼어들 수는 없지 않습니까?"

미국에 지켜 달라고 할 수도 없다.

당연한 게, 미국에서 양귀비밭을 지켜 줄 이유가 없다. 그들은 어떻게 해서든 아편을 박멸하고 싶어 하니까.

"마이스터에 어떤 방법이든 찾아보라고 하세요!"

모든 행정 업무와 그 과정에서 미군과의 협상은 마이스터가 하고 있다.

이들이 하는 건 오로지 지역 관리와 세금 징수뿐.

물론 그들이 원한다면 민병대를 고용해 탈레반에게서 지

역에 있는 양귀비밭을 지킬 수는 있을 것이다.

하지만 그러기 위해서는 사비가 들어간다.

아니, 그거야 얼마 안 되니 문제가 안 된다.

정말로 문제가 되는 건, 그들이 민병대를 꾸리면 그때는 탈레반이 밭이 아닌 그들을 노리게 될 거라는 거다.

탈레반은 절대로 소총이나 들고 다니는 그저 그런 반군이 아니다.

로켓부터 저격 총까지 제대로 갖춘 정식 군대다.

마을에 들어와서 쏴 버리거나 멀리서 집을 노리고 로켓을 쓰기만 해도 그들은 죽어 버릴 거다.

"끄응…… 말은 해 보겠습니다."

타리크 모만드는 신음을 흘리면서 고민하는 듯했다.

하지만 그는 내심으로 노형진의 예측에 소름 돋아 있었다.

'이게 무슨…….'

마치 예언처럼 정확하게 맞아떨어지는 상황에 그는 할 말을 잃어버렸다.

일단 내부 청소부터

"역시 그렇게 나오는군요."

노형진은 별로 놀랍지도 않은 듯 말했다. 예측한 그대로니까.

-맞습니다. 지금 평의회는 해결책을 요구하고 있습니다. 사실상 군을 동원해 달라는 겁니다.

돈을 주는 걸로는 해결할 수가 없다.

왜냐하면 미국이 탈레반에 돈을 줄 리도 없거니와, 애초에 그들이 요구하는 건 아편이다.

돈을 준다고 해서 아편을 포기하고 떠날까?

그럴 리가 없다. 돈과 별개로 아편까지 요구할 건 뻔한 일.

-하지만 미국에서는 양귀비밭을 지키는 걸 거절했습니다.

"예상은 한 거 아닙니까?"

-그렇기는 합니다. 일단 평의회 쪽에 이야기했습니다만 다들 상당히 격앙된 상황입니다.

"그걸 노린 거니까요. 애초에 미국이 그 요청을 흔쾌하게 받아들이는 게 이상한 겁니다. 그들을 통제하기 위해서라도 우리가 중간에서 나서야 합니다. 그러기 위해 아프가니스탄에 아레스를 투입한 거고요."

-알고 있습니다.

"일단은 계획대로 하지요. 우리 쪽에서 미국에 연락하겠습니다."

-네. 그러면 저희 쪽도 준비하겠습니다.

타리크 모만드가 전화를 끊자, 노형진은 의자에 기대어서 긴 한숨을 내쉬었다.

사실 처음부터 군사력을 제공할 계획이었다.

하지만 그러면 군사력이 왜 중요한지, 왜 소중한지 모른다.

그래서 처음에 평의회와 계약할 때는 군사력 부분은 뺐다.

계약서에 비상시 지켜 준다는 조건은 있지만 주둔군을 배치한다는 의미는 아니었던 것이다.

사실 여기서 주둔군을 배치하기 시작하면 미국이 주둔하는 것처럼 별반 다를 게 없어지기 때문이다.

그래서 세운 계획이 일단은 방치하는 것이었다.

"이제 당당하게 들어갈 수 있겠네요."

로버트가 쓰게 웃으며 노형진에게 말했다.

"침략자로서 들어가는 것과 방어자로서 들어가는 건 전혀 다르니까요."

처음부터 주둔한다고 하면 아마 지역민들은 격렬하게 반대하거나 미국과 별반 다를 게 없다고 생각했을 거다.

"이제는 달라졌죠."

"하지만 아직은 주둔군이 없지 않습니까?"

"맞습니다. 그게 중요한 거죠, 주둔군이 없다는 거."

주둔군을 밀어 넣으려고 한다면 그건 너무나 쉬운 일이다. 하지만 그건 반감을 일으킨다.

그렇다면 다른 방법을 쓰면 된다.

"자, 이제 다음 단계로 갈 시간입니다."

노형진은 그렇게 말하면서 전화기를 들었다.

"우리 장군님께서 잘해 주셔야 할 텐데요."

⚖

"저게 뭐 하는 짓거리인지 모르겠네."

앨버트 라이스는 훈련 중인 병력을 보며 혀를 끌끌 찼다.

분명 팔 벌려 뛰기를 시키고 있다.

그런데 그걸 할 줄 아는 게 열 명도 안 된다. 인원이 무려 이백 명인데 말이다.

눈치를 보면서 따라 하는 사람, 팔과 다리만 허우적대는 사람, 팔 벌려 뛰기가 아니라 손만 흔드는 사람.

"하아~."

그나마도 여기에 있는 인원은 나와 준 것만으로도 고마울 지경이다.

왜냐, 분명 보고서에는 아프가니스탄군 훈련 대상으로 천이백 명이 적혀 있었으니까.

즉, 월급은 천이백 명분이 나갔는데 실제로 나온 건 이백 명.

그마저도 기록상 분명 6개월간 훈련받은 병력으로 되어 있는데 6개월은커녕 6시간도 훈련받지 않은 분위기다.

"망할 놈의 아프가니스탄."

왜 이런 일이 생겼는지는 그도 아주 잘 안다.

또 아프가니스탄 정부라는 새끼들이 명단만 올리고 월급을 받아서 슈킹한 거다.

분명히 명단에 올라온 사람 중 절반 이상은 존재하지 않는 사람일 테고, 나머지 절반은 정부 새끼들의 친인척이라든가 해서 이름만 올리고 돈만 받아 처먹었을 거다.

"장군님, 미스터 노에게서 전화가 왔습니다."

"노 변호사에게서?"

그 말에 그는 귀가 솔깃해졌다.

하긴, 올 때가 되기는 했다.

얼마 전 타리크 모만드가 도움을 요청해 왔지만 앨버트 라이스는 단박에 거절했다.

애초에 도와줄 수 있는 일도 아니었고, 계약상 도와줘서도
안 되니까.

"노 변호사, 오랜만이군."

―잘 지내셨습니까, 장군님?

"자네 덕분에 위장병이 좀 나아졌다네. 뭐, 그렇다곤 해도
약은 달고 살고 있지만."

농담이 아니라 실제로 그랬다.

양귀비 문제가 조금씩 나아지고 있다지만 아프가니스탄에
서 그건 문제의 극히 일부분일 뿐이다.

사실 그 하나가 전부였다면 오히려 쉬웠을 것이다. 항공기
를 이용해서 싹 쓸어버리면 그만이니까.

하지만 이 지랄맞은 나라는 온갖 문제가 그물처럼 연관되
어 있어서 해결이 불가능했다.

알렉산더대왕이 고르디아스의 매듭을 잘라 내고 아시아의
지배자가 되었다고 하던가?

하지만 그는 확신했다.

아프가니스탄이라는 매듭은 잘라 낼 수도 없고 풀 수도 없
는 문제라고.

하지만 노형진은 아주 조금씩이나마 풀어내고 있기에 그
에게 기대감을 일으키고 있었다.

―예상대로 탈레반이 문제를 일으키기 시작했습니다. 그
러니까 도움을 요청합니다.

"그리고 자네도 알겠지만 난 그걸 거절할 걸세. 공식적으로 말이지."

아무리 앨버트 라이스가 노형진의 작전을 기대하고 있다고 해도 양귀비밭을 지키기 위해 군을 동원한다는 건 있을 수 없는 일이다.

그걸 허락하면 아마도 워싱턴에 있는 꼰대 정치인들이 자신의 옷을 벗겨야 한다고 게거품을 물 거다.

사실 당연한 거다.

인명이 가장 우선시되는 미군이다.

그런데 그런 미군을, 다른 것도 아니고 아프가니스탄의 양귀비와 아편을 지키기 위해 투입한다니.

상식이 있는 사람이라면 절대 허락하지 않을 계획이다.

ㅡ그렇다면 공식적으로 거절당했으니 차선책으로 활주로를 이용하는 건 허락하시겠지요?

"활주로 정도야 허락하지."

ㅡ무기와 연료는 계약에 따라 제공하실 거라 믿습니다.

"그래, 그건 지켜야지. 계약이니까."

ㅡ좋습니다. 계약 성립입니다.

수화기 너머로 노형진의 목소리가 들려왔다.

비상식적인 방법으로 상식적인 상황을 실현해 내는 그 목소리에, 앨버트 라이스는 한탄하듯 중얼거렸다.

"아쉽군."

-뭐가 말씀이십니까?

"워싱턴의 꼰대들보다는 자네가 거기에 있는 게 나을 것 같아서."

-정치에는 별로 관심이 없습니다, 후후후.

"그렇다고 들었네. 그래, 협조는 된 것 같고, 그다음은 알아서 시스템을 구축하겠지?"

-모든 준비는 끝났습니다. 나중에 뵙죠.

전화가 끊어지자 앨버트 라이스는 다시 훈련하는 아프가니스탄 병사들을 보고 혀를 끌끌 차다가 자신의 차를 타고 활주로로 향했다.

활주로에서는 AC-119가 비행 준비를 마치고 있었다.

"내 살아생전에 저 구닥다리가 다시 날아다니는 꼴을 보게 될 줄은 몰랐는데."

"마이스터 말로는 새로운 건십을 제조할 생각은 있다고 하더군요."

"하긴, 그럴 거야. 날 수 있는 걸로 끝이 아니니까."

AC-119 건십이 아무리 화력이 좋고 거의 거저 받았다고 해도 애초에 베트남전 때 만들어진 물건이라 수명이 거의 다한 것일 수밖에 없다.

비행기를 아무리 튼튼하게 만들어도 결국 수명에는 한계가 있고, 그건 오버홀을 아무리 해도 해결되지 않는 문제다.

당장 한국에서 1년에 한두 대씩 추락하는 F-4 팬텀도 그러한 누적 피로와 수명의 한계의 문제다.

아무리 정비를 빡세게 해 봐야 쓸 수 있는 시간이 끝난 건 어쩔 수가 없다.

"뭐, 마이스터 정도면 비슷한 급의 기체를 구해서 개조하는 게 어렵지 않겠지."

AC-130 같은 괴물 기체는 미국이 주지도 않고 그 통제 시스템도 줄 리가 없지만, 소형 항공기에 20밀리 기관포를 다는 정도는 충분히 가능한 일이다.

물론 정밀 조준 기술이나 오차 수정 기술 그리고 초정밀 야시경 기술이 없으면 위력이 팍 떨어지는 게 건십이다.

하지만 그렇다 해도, 제대로 된 지대공 무기가 없는 놈들에게 건십은 악몽 그 자체다.

"탈레반 놈들이 혼쭐이 나겠어."

앨버트 라이스는 머릿속을 가득 채우는 즐거운 생각에 입꼬리가 귀에 걸렸다.

이윽고 AC-119가 하늘로 날아올랐다.

"굿 헌팅."

앨버트 라이스는 날아가는 비행기에 진심을 담아서 말했다.

⚖️

수아크는 오늘도 약탈을 했다.

예상대로 순순히 주려고 하지 않았기 때문이다.

그는 이교도를 살려 둘 수 없다고 생각해서 그 일가족과 일꾼들까지 모조리 참수한 후, 창고에 있던 아편과 밭에 있던 모든 양귀비를 막무가내로 잘라서 주둔지로 나르고 있었다.

"망할 이교도 놈들."

그는 기분이 좋지 않았다.

요 근래에 자신들에게 적대적인 놈들이 많아진 데다, 두려워서 파는 놈들도 자신들을 때려죽일 듯 바라보고 있었기 때문이다.

물론 홧김에 몇 대 두들겨 패자 꼬리를 말기는 했지만 말이다.

"요즘 이교도들이 늘었어."

"모조리 패 죽여야 하는데."

"알라께서 그들을 지옥으로 인도하실 거야."

이런저런 잡담을 하면서 그들은 수거한 아편을 보며 히죽 웃었다.

"이번 할당량은 그럭저럭 채웠네."

"그런데 위에서는 왜 그렇게 지랄하는 거야?"

"아편 수량이 부족하대."

"아니, 씨팔. 그 많은 아편 다 어쩌고?"

"팔아먹어야 할 거 아니야."

병충해와 더불어 미국에서 구입하기 시작하자 확보할 수

있는 아편이 극도로 부족해졌고, 그러자 탈레반 수뇌부는 아편 확보에 눈이 돌아가서 그들을 다그치고 있었다.

"끄응."

"수아크, 왜 그래?"

"배가 아파."

"병신 같은 새끼."

"야, 잠깐 차 좀 세워 봐."

수아크는 짜증스럽게 말했다.

아까 전에 이교도 놈들을 싹 다 죽이고 거기에 있던 양젖을 좀 먹은 게 잘못된 모양이었다.

"똥 싸게?"

"그래. 차 좀 세워, 이 새끼야."

아무리 친하고 진창을 뒹군다 해도 같이 타고 있는 차 안에서 똥을 갈길 수는 없다.

그러다가 아편에 똥이라도 튀면 아마 자신은 뒈지게 맞을 테니까.

"어이, 잠깐 차 좀 세워. 이 새끼 똥 싼다."

"빨리해. 빨리 들어가야 해."

트럭이 서자마자 수아크는 뛰어내려서 사막으로 갔다. 그러고는 바위 뒤에서 옷을 내리고 볼일을 보기 시작했다.

"휴, 뒈질 뻔했네."

대충 품에 있던 천을 꺼내서 뒤를 정리하던 수아크의 귀에 순간 '드르륵~!' 하는 소리가 들렸다.

그 소리가 뭔지 알고 있는 수아크는 사색이 되었다. 자주는 아니지만 익히 들어 봤기 때문이다.

미 제국주의자들이 쓰는 A-10이라는 비행기에 달려 있는 기관포와 비슷한 소리.

물론 소리가 좀 더 작기는 했지만 최소한 그게 뭔지는 알 수 있었다.

"당장 피······."

하지만 그 말을 끝내기도 전에 서 있던 트럭들 위로 빛줄기가 쏟아지기 시작했다.

그 빛줄기는 비명을 지를 틈도 주지 않은 채 동료들을 트럭과 함께 걸레짝으로 만들었고, 트럭은 펑펑 터져 나가기 시작했다.

"으아아아······."

하늘에서 쏟아지는 화력.

그건 저주받을 미 제국주의자들의 기술이었다. 거기에 걸리면 살아날 방법이 없었다.

"살려 주세요. 알라님, 제발."

수아크는 바지도 제대로 올리지 못한 채 바닥을 기어서 반대쪽으로 움직였다.

방금 전 자신이 싼 똥이 온몸에 묻었지만 신경 쓸 정신이 없었다.

저 하늘의 악마에게서 도망가야 한다는 생각뿐이었다.

"알라시여, 제발 살려 주세요."

하지만 애석하게도 알라는 그를 살려 줄 생각이 전혀 없었던 모양이다.

그가 채 3미터도 가기 전에 하늘에서 또다시 빛줄기가 쏟아져 내렸고, 수아크의 비명 대신에 포탄 터지는 소리가 사방을 메웠다.

"어젯밤에 습격했던 일부 세력은 마이스터에서 소탕했다고 합니다."

"그래 봤자 일부잖아요!"

확실히 그랬다.

마이스터에서 다급하게 AC-119를 보내서 지원해 줬지만 모든 곳을 다 지키지는 못했다.

어쩔 수가 없다.

AC-119는 그렇게 빠른 비행기가 아닌 데다가, 애초에 연락받고 출발하는 것인 만큼 이미 그때쯤이면 대부분의 탈레반은 현장에 없으니까.

대부분의 농장은 약탈당한 사람이 신고하거나 살아남은 사람이 신고해야 하는데, 아프가니스탄에 핸드폰 기지국이 남아날 리가 없고 가난한 농가 사람들에게 위성 전화가 있을 리가 없다.

당연히 살아남은 사람이 죽어라 뛰어서 신고해야 하고, 보통 양귀비 농장은 외딴곳에 있기 때문에 운이 좋아야 몇 시간, 재수 없으면 하루 이상 걸린다.

그렇다 보니 대부분의 경우 출동해도 늦을 수밖에 없다.

"다른 곳은 지켜 주면서 우리는 안 지켜 주는 건 너무한 거 아니오?"

"시간이 문제입니다. 저희도 다급하게 출동한 거지만 이미 도망간 놈들을 잡을 수는 없습니다."

"그러면 따라가서라도 잡든가!"

"마이스터에서 그건 불가능하다고 하더군요. 애초에 미군도 못하는 겁니다."

아프가니스탄에는 동굴이 엄청나게 많다. 그리고 탈레반은 그런 곳을 은신처 삼아서 숨어 있다.

그런 상황에서 동굴마다 그 비싼 벙커 버스터를 처박을 수는 없는 노릇이다.

더군다나 그런 고정 기지에는, 소수지만 대공포나 지대공 미사일도 있다.

현재 AC-119에 붙어 있는 20밀리 기관포는 소위 발칸포라고 붙이는 물건으로, 사거리가 1킬로미터다.

아무리 하늘에서 쏜다고 해도 결국 대공포나 휴대용 지대공미사일의 사거리에 들어간다는 거다.

AC-130이야 105밀리 포의 사거리가 워낙 길어서 괜찮다지만, AC-119는 휴대용 지대공미사일에 걸리면 뼈도 못 추린다.

"그나마 아편을 가지러 오는 놈들이 지대공미사일을 가지고 오지는 않으니까 가능한 겁니다. 그런데 그들을 따라가서 탈레반 본거지를 습격할 수 있겠습니까?"

"끄응."

더군다나 그들이 숨어 있는 동굴은 20밀리 기관포 같은 걸로는 절대로 무너트릴 수 없다.

105밀리로도 안 되는 걸 20밀리로 막을 수 있을 리가 없으니.

"그러면 어쩌란 거요?"

"일단 가장 좋은 방법은 습격에 대비할 수 있는 방어 시스템을 만드는 겁니다."

"그게 안 되니까 이러는 거 아니오!"

방어 병력을 준비한다?

그 말은 탈레반에 이를 드러낸다는 소리고, 자기들에게 죽으라는 소리밖에 안 된다.

물론 미군이 상황에 따라 도와줄 수야 있겠지만 지금은 미군도 한계를 드러내고 있는 상황이다.

"다급하게 연락해 봐야 우리는 다 죽은 후겠지."

누군가 툴툴거리면서 말했다.

물론 그게 틀린 말은 아니다. 하지만 또 맞는 말도 아니다.

"당하기 이전에 우리가 그들을 부르면 됩니다만."

"당하기 전에 부른다니?"

"마이스터에서 드론을 이용한 감시 시스템을 만들자고 하더군요."

"감시 시스템?"

"네."

"우리보고 비행기라도 사라는 거요?"

"그게 아니라 드론을 사라고 합니다. 감시 장비는 설치해 준다고 하더군요."

"드론……."

"네, 물론 군사용 드론은 사용 불가입니다. 하지만 감시 기능이 있는 정찰 드론은 충분히 줄 수 있답니다."

물론 정찰 드론이라고 해도 군사용으로 넘어가면 엄청나게 비싸진다.

하지만 노형진은 한국에서 드론을 도입하기 위해 수많은 시도를 했고, 그중에는 오로지 감시만을 위해 싸게 만든 모델도 있었다.

공격 기능은 전혀 없이 오로지 감시와 정찰을 위해 비행 거리에만 집중한 물건이었다.

한국에서 쓴다면 아마 대대급 단위에서 적을 확인하고 작전을 짜는 데 이용되든가, 포격이나 폭격을 유도하는 형태가 될 거다.

"그걸 사서 뭘 어쩌라고?"

"그걸 이용해서 감시하다가, 그들이 나타나면 대피시키거나 마이스터를 부르면 되는 거죠."

그렇게 되면 그들이 도착하기 전에 하늘에서 불벼락이 떨어질 거다.

"오오~!"

"그런 방법이!"

일부는 정말 좋은 방법이라고 반색했다.

하지만 일부는 그럼에도 불구하고 불만을 드러냈다.

"걱정 마십시오. 공식적으로 이건 마이스터가 지역 방어를 위해 자발적으로 설치한 형태가 될 겁니다."

"자발적으로?"

"네. 당연히 관리는 여러분이 뽑은 사람이 하게 될 거고요."

물론 그 안에 탈레반 측 사람이 있을지도 모른다.

하지만 그래 봤자 손해는 없다.

왜냐하면 공식적으로 마이스터가 설치하지만 비공식적으로는 이 지역 토호들이 사는 거라, 만에 하나 부서져 봤자 토호가 추가로 사야 하기 때문이다.

그리고 그걸 부숴 가면서 마약을 가지고 가 봤자 가지고 갈 수 있는 양은 뻔하다.

토호 입장에서는 자기 돈이 나가는 걸 아끼기 위해서라도 민을 만한 사람을 심으려 할 테고.

"공식적으로 설치는 마이스터가 하지만 우리 평의회는 반발할 겁니다."

그렇게 함으로써 탈레반 눈에는 그걸 지배 세력인 미군과 마이스터가 설치한 것으로 보이게 할 거다.

"흠, 그렇게 한다면."

확실히 탈레반이 자신들을 노릴 이유가 없다.

"그래서 그게 설치가 힘든가?"

"전혀요."

사실은 모두 계획되어 있던 것이기에 모든 준비가 끝난 상황.

드론의 발사기도, 심지어 그걸 확인하기 위한 연결용 모니터도 이미 아프가니스탄에 들어와 있다.

그러니 자신들은 그냥 설치만 하면 된다.

그걸로 감시하다가 발견되면 이들이 가진 위성 전화로 전화하고, 바로 날아오면 되는 거다.

"강제로 설치해라 이건가?"

"아닙니다. 선택 사항입니다."

즉, 후방에 위치하고 있어서 상대적으로 위험하지 않다면 설치하지 않아도 된다는 소리다.

"방어용으로 적당하겠어."

"우리가 드러나는 건 아니니까 문제는 없겠네."

다들 고개를 끄덕거렸고, 그런 평의회를 보면서 타리크 모만드는 미소를 지었다.

　모든 것은 계획대로였다.

　"이게 이렇게 되나?"

　앨버트 라이스는 인정할 수밖에 없었다.

　"이러면 돈을 들이부어도 아깝지 않지."

　미군이 아프가니스탄에 감시 시스템을 만들어 보겠다고 얼마나 노력했던가?

　하지만 현지에서 도와주지도 않고 또 돈도 엄청나게 들었다.

　물론 드론도 숱하게 날렸고, 저 빌어먹을 탈레반 때문에 또 숱하게 잃었다.

　"그런데 상황이 바뀌었군요."

　부하는 모니터에 올라오는 수많은 정보를 보면서 긴 한숨을 내쉬었다.

　수십 개의 모니터를 감시하는 소수의 인원이지만 이들의 힘이면 주요 지역은 충분히 감시하고도 남는다.

　그걸 막겠다고 탈레반이 휴대용 지대공 무기라도 가져와 봐야 손해는 드론 하나일 뿐이고, 그 자체가 그놈들이 그 지역에서 뭔 짓을 한다는 의미이기도 하다.

　아무리 탈레반이 비밀리에 파키스탄의 지원을 받고 있다

고 해도 지대공 무기 같은 건 충분한 수량을 가진 게 아니라서, 소수의 휴대용 지대공미사일들은 자기네 주요 지점 방어용으로 쓰기 때문이다.

즉, 그들이 숨어 있는 지역으로 들어가지는 못해도 최소한 그들이 기어 나오는 건 빠르게 알아차릴 수 있게 되었다.

심지어 비용은 토호들이 자기들을 지키기 위해 자발적으로 냈다.

"그리고 우리는 거의 실시간으로 그걸 받아 볼 수 있고요."

사실 드론에서 송출되는 정보는 평의회만 받는 게 아니라 미군도 받는다.

그러니 미군은 돈도 들이지 않고 아프가니스탄 주요 거점을 계속 감시할 수 있게 된 거다.

그리고 이건 자신들이 출동해도 된다.

탈레반이 도시를 공격하려는 건지 아니면 양귀비밭을 공격하려는 건지 알 수 없기 때문이다.

그러니 미군이 직접 포격하거나 헬기를 부르거나 AC-130 건십으로 박살 낼 수 있다.

자신들은 안전하게 그놈들을 박살 내고, 마이스터는 돈을 받은 대로 보호하고, 토호는 미군이 박살 낸 이상 자기들에게 화살이 날아올 가능성이 없는, 말 그대로 일석삼조의 작전이었다.

"민사 작전을 짜는 놈들의 대갈통을 부숴 버리고 싶군, 진짜."

"장군님, 그런 거친 말씀은 좀……."

"틀린 말은 아니지 않아? 솔직히 안 그런가? 십수 년 동안 수조 달러를 처박았어. 하지만 진전된 건 하나도 없었지. 그런데 지금 마이스터에서 하는 걸 봐. 돈도 별로 안 드는데 우리가 십수 년 동안 한 것보다 훨씬 많은 걸 이룩하지 않았나?"

앨버트 라이스 입장에선 이처럼 미국의 무능을 느껴 본다는 게 신기할 지경이었다.

보통은 다른 나라 군대를 보면서 '뭐야, 이 병신들은?'이라고 생각했는데, 지금은 반대로 '우리가 이렇게나 병신이었나?'라는 생각이 들었기 때문이다.

"지금까지 돈을 쓰레기통에 처박은 느낌이야."

그 말에 부하는 부정할 수가 없었다. 그건 사실이니까.

"일단 중요한 건, 우리가 할 수 있는 일은 다 했다는 겁니다."

"그래, 그렇지. 아직도 먼 길이 남았으니까."

이제 방어에 이점이 생긴 건 사실이다.

그러나 아직도 가장 큰 골칫덩어리가 두 개 남아 있다.

"그런데 그중 하나가 아군이라는 게 참 어이가 없군."

앨버트 라이스의 말에 부하는 쓰게 웃을 수밖에 없었다.

⚖️

아프가니스탄의 가장 큰 골칫덩어리는 탈레반이다.

하지만 그에 못지않은 골칫덩어리가 있으니, 다름 아닌 아프가니스탄 정부 그 자체다.

"또 비어?"

"네."

"장난하나. 돌겠군."

분명히 자신들은 충분한 수량의 무기를 탈레반 정부에 제공했다. 그런데 빈다.

아니, 사실 비는 것까지는 이해가 간다.

"이 망할 놈들은 진짜."

얼마 전에 정찰 중이던 미군이 기동 중인 탈레반 부대를 발견하고 소탕한 적이 있다.

소탕 이후에 수색해 보니 스팅어 미사일이 나왔고, 일련번호를 조사해 보니 그건 다른 곳도 아닌 아프가니스탄 정부에 제공한 물건이었다.

그러니까 이 아프가니스탄 정부 새끼 놈들이, 스스로를 지키라고 준 무기를 자기들을 침략하고 있는 탈레반에 돈 받고 팔아넘긴 것이다.

"미친 새끼들."

베트남전 때도 그랬다.

남베트남 놈들은 자기들을 지킬 무기를 북베트남에 팔아먹었고, 그 때문에 미군은 북베트남군과 전투할 때 자신들의 무기에 위협을 받아야 했다.

사실 베트남전 때도 이미 휴대용 지대공미사일은 있었다.

이글아이라는 물건이었는데, 그때 종종 날아오는 북베트남의 이글아이 때문에 헬기 조종사들은 차라리 남베트남군 장성들을 총살시켜 버리라고 볼멘소리를 했다.

사실 그들 입장에서는 그럴 만하다.

자기 무기에 자기가 맞아 죽을 뻔하거나 진짜로 죽다 보니 어이가 없었을 거다.

"또 그 짓이네."

문제는 그걸 막을 방법이 없다는 거다.

아니, 막고 싶다고 해도 어떻게 해야 할지 모르는 상황이었다.

아무리 개판이라고 해도 결국 민주주의 투표를 통해 선출된 게 현 아프가니스탄 정권이다.

그런데 자기들이 들이받아 버리거나 무기를 지원하지 않아 버리면 워싱턴의 골 빈 정치인들은 군인이 민주주의에 반기를 든다면서 게거품을 물 것이다.

"장군님, 차라리 마이스터에 도움을 요청하시죠."

"뭘 요청해? 그 새끼들을 암살이라도 해 달라고?"

"그런 뜻은 아닙니다만. 해결책을 제시할 수 있을지도 모르지 않습니까?"

"그럴까?"

"그리고 물어본다고 해도 손해는 없지 않습니까? 애초에 아프가니스탄에 민간 군사 기업을 도입한 이유가 그거 아닙니까?"

"하긴, 그렇지."

너무 개판이라 민간 군사 기업을 통해 어떻게 해서든 상황을 반전시켜 보겠다, 여기서 쫓겨나기 전에 최후의 발악이라도 해 보자, 그런 심정이었다.

"그럼 물어나 보도록 하지."

앨버트 라이스는 솔직히 기대도 안 했다.

다른 적들은 해결할 수 있었다.

하지만 이놈들은 아군이다. 그것도 무능하고 탐욕스러운 아군.

"아무리 마이스터라고 해도 그건 해결 못 할걸."

앨버트 라이스는 그렇게 확신했다.

하지만 그 확신이 무너지기까지는 얼마 걸리지 않았다.

"그걸 왜 해결 못 하십니까?"

노형진은 도리어 이해가 되지 않았다.

이걸 해결 못 한다는 게 말이다.

─해결이 가능하다고?

"네. 아주 간단한 문제인 것 같습니다만."

─그게 쉽나? 그들은 아군이야. 민주 정권이라고.

"이 상황을 해결하는 데 민주 정권이고 나발이고는 상관없을 것 같습니다만."

그 말에 앨버트 라이스는 기가 막혔다.

그런 방법이 있다면 진심으로 듣고 싶었다.

─그러면 방법을 이야기해 주게. 내 어떻게 해서든 시도해 보겠네.

"뭐, 어려운 문제는 아닙니다."

─그래서?

"그러니까 어떻게 하느냐면⋯⋯."

노형진은 그에게 차분하게 설명해 줬다.

딱히 어려운 일도 아니었고, 복잡한 계획도 아니었다.

하지만 그 말을 들은 앨버트 라이스는 입을 쩍 벌릴 수밖에 없었다.

⚖

"여러분에게 안타까운 소식을 전하게 되어 미안하군요."

앨버트 라이스 장군은 그렇게 말했다.

하지만 내심으로는 미안하다는 생각을 전혀 하지 않고 있었다.

'이건 완전히 생각지도 못한 방법이었는데 말이지.'

하지만 노형진의 계획은 자신이 생각하지 못했던, 심지어 미 정부의 누구도 생각하지 못한 방법으로 아프가니스탄 정부군의 목에 목줄을 채울 수 있게 해 줬다.

"무슨 일이십니까? 안타까운 소식이라니요?"

앨버트 라이스 장군의 말에 현 아프가니스탄 대통령 우이툴라는 다소 경계하는 기색이었지만 딱히 걱정하지는 않는 눈치였다.

'그래, 우리나라가 도와준다 이거지.'

문제는 그거였다. '미국이 도와준다'.

그게 도리어 저들이 마음대로 행동하는 원인이 되었다.

물론 미국이 당장 모든 걸 다 털고 아프가니스탄에서 철수하는 건 아니다.

그럴 수도 없고, 애초에 앨버트 라이스 장군은 그럴 권한도 없다.

하지만 자신이 옷 벗을 각오를 한다면 한 번쯤은 미친 짓을 할 수 있다.

그리고 그게 성공한다면 자신이 굳이 옷 벗을 이유는 없고 말이다.

'벗어도 그만이고.'

사령관까지 올라왔다는 것 자체가 군인으로서는 최고 레벨에 올라왔다는 소리니까.

"일단 애석하게도 탈레반에 아프가니스탄 정부군의 모든

신상 정보가 털렸습니다."

"네? 그게 무슨……?"

"말 그대로입니다. 아프가니스탄 정부군에 관련된 모든 정보가 숨어 있던 탈레반에 넘어갔습니다."

"모두요?"

"네. 가족 관계에서부터 이름, 나이, 심지어 주소까지 다 털렸습니다."

그 말에 아프가니스탄 정부 관계자들의 얼굴이 경직되었다.

이건 전혀 생각하지 못했던 일이기 때문이다.

"아니, 그게 가능합니까? 그러니까 내 말은, 모든 자료를 종이로 뽑아서 관리하지는 않을 거 아닙니까?"

미국이 그걸 컴퓨터로 관리하는 건 너무나 당연한 건데, 거기에 접근할 수 있으려면 그만한 자격을 갖춰야 한다.

즉, 자료를 빼 가기 위해서는 컴퓨터에 능숙해야 한다는 뜻이다.

"물론 그렇지요. 하지만 내부에 탈레반이 있었다는 건 다들 아시는 거 아닙니까?"

"그게……."

당연히 대충 알고는 있다. 다만 그게 누군지 모를 뿐.

"중요한 건 탈레반이 모든 자료를 훔치는 것도, 도주하는 것도 성공했다는 겁니다."

그 말에 아프가니스탄 정부 관계자들의 얼굴이 하얗게 질렸다.

'그럴 수밖에 없겠지.'

아프가니스탄 정부군의 자료에는 대부분 가짜 아니면 정부 관계자들과 친한 사람들의 이름이 올라가 있다.

당연하게도 가짜야 아무래도 상관없다.

존재하지도 않는 사람이니 새어 나간다고 해도 문제 될 게 없다.

문제는 진짜로 존재하는 사람들, 즉 자신들의 친척이나 친구 들의 주소가 새어 나갔다는 거다.

"아시겠지만 아프가니스탄의 전쟁은 베트남전과 흡사합니다."

물론 베트남처럼 극단적으로 숲으로 이루어져 있어서 사방 어디에서 튀어나올지 모르는 그런 양상은 아니다.

하지만 일반인처럼 숨어 있는 탈레반들이 너무 많았고, 미군에는 그들을 구분할 방법이 없다.

실제로 아프가니스탄 내부에서는 심심찮게 테러와 탈레반에 의한 습격이 벌어지고 있다.

"그러면 어쩌란 말입니까! 거기에 있는 사람들은요!"

"방법은 하나뿐입니다. 전원 소집해서 한곳에서 생활하게 해야지요."

"한곳에 모아 둔다고요?"

"네. 지금처럼 출퇴근하면서 훈련받는 것은 어려워지는

거죠."

그러다가 습격이라도 받으면 인명 피해가 어마어마할 테니까.

탈레반이 자신을 배신한 자들을 살려 두려 하지는 않을 거다.

"그러면 가족은요?"

누군가 떨리는 목소리로 물었다.

그럴 만도 할 거다.

만일 앨버트 라이스 장군의 말이 맞다면 그 가족들도 습격의 대상이 될 테니까.

탈레반은 당사자만 죽이고 가족은 살려 두는 착한 놈들이 아니다.

"당분간은 다른 곳으로 가든가, 아니면……."

앨버트 라이스는 슬그머니 말끝을 흐렸다.

하지만 그가 하려던 말이 '죽든가'라는 걸 사람들은 직감적으로 알 수밖에 없었다.

자신의 말에 얼굴이 창백해지는 현 아프가니스탄 정부 인사들을 보며 앨버트 라이스는 속으로 비웃음을 날렸다.

'과연 올까? 당연히 안 오겠지.'

그들을 모으는 건 단순히 그들의 안전을 위해서가 아니다.

만일 온다면 그때는 직접 모아서 훈련시키면 된다. 최소한 온 사람들은 싸울 준비가 되어 있다는 소리니까.

하지만 오지 않는다면, 그건 둘 중 하나다.

존재하지 않든가 아니면 도망갔든가.

미국 입장에서는 어느 쪽이든 그걸 핑계로 명단에서 잘라 버리면 된다.

물론 진짜로 탈레반에서 명단을 빼 간 건 아니다.

애초에 미국의 보안이 그렇게 허술하지도 않고, 그런 전산 시스템에 접속할 수 있는 사무실에 아프가니스탄 사람들은 접근할 수도 없으니까.

그렇다고 탈레반이 미국의 그 어마어마한 방어벽을 뚫고 해킹하는 건 불가능할 거다.

그 중국조차도 진심으로 뚫고 싶어 하지만 못 뚫는 것이 바로 미군의 보안이니까.

하지만 노형진의 예상대로 이들은 컴퓨터 보안에 대해 아는 게 별로 없고, 누가 몰래 가서 뚝딱거리면 영화처럼 쉽게 파일을 옮기고 탈출할 수 있는 것으로 아는 듯했다.

"으음."

"이거, 그 병사들에게 빨리 경고해 줘야겠군요."

벌써 아프가니스탄 정부 쪽 사람들의 엉덩이가 들썩거리는 게 보였다.

분명 가족이나 아는 사람들에게 명단이 새어 나갔으니 조심하라고 경고해 주고 싶은 것이리라.

'하지만 아직 중요한 이야기가 끝나지 않아서 말이지.'

병사들의 임금으로 지급되는 돈을 빼돌리는 거?

사실 어느 정도 이해는 된다.

그리고 그게 직접적인 위협이 되지는 않기에 그것까지는 참을 수 있다.

하지만 진짜 위협이 되는 놈들, 즉 아프가니스탄의 대통령과 정부 인사들 그리고 당직자 놈들은 조져 놓을 필요가 있었다.

'그리고 그건 생각보다 간단하지.'

아주 간단하다 못해 너무나도 당연한 소리였다.

다만 그걸 그들은 생각하지 못했던 것뿐이고 말이다.

"그리고 안타까운 소식이 하나 더 있습니다. 애석하게도 여러분의 비상시 대피 계획은 취소되었습니다."

"네?"

그 말에 우이툴라는 무슨 소리인지 이해가 되지 않는다는 표정으로 앨버트 라이스를 바라보았다.

자신들의 대피 계획이 취소되었다니?

"저희가 대피할 계획이 있었습니까?"

"정확하게 말씀드리면, 우리 미국이 아프가니스탄에서 철수하는 경우 여러분들은 탈출용 비행기를 타지 못할 겁니다."

"자…… 잠깐!"

"그게 무슨 소리요? 우리가 탈출용 비행기를 못 탄다니!"

"말 그대로입니다. 미 정부에서 여러분을 비롯한 아프가니스탄 정부 관계자 및 당직자들의 탈출 계획을 모조리 캔슬

했습니다."

"어째서요!"

"헛소리!"

"헛소리가 아닙니다. 미 정부는 더 이상 자국 수호 의지가 없는 사람들에 대한 보호를 포기하기로 했습니다."

물론 이건 거짓말이다.

보통 미군을 투입했는데 그 나라가 망할 것 같으면 당연하게도 미국 정부는 그 나라의 주요 인사들을 우선 대피시킨다.

하지만 예외적인 경우가 있는데, 그 나라의 대통령이 더 이상 정치적으로 아무런 가치도 없고 결정적으로 그 나라를 지키는 데 아무런 도움도 되지 않고 수호 의지도 없는, 말 그대로 그냥 쓰레기인 경우다.

이런 경우에는 가차 없이 버린다.

실제로 원래 역사에서도 아프가니스탄의 대통령은 미국이 도와주지 않아서 다른 루트로 아프가니스탄에서 탈출해야만 했다.

"다들 베트남전에 대해 아실 겁니다. 저희는 베트남에서 탈출할 때 남베트남의 대통령과 당직자들을 구하지 않았습니다."

실제로 미국은 그들을 모두 거기에 버리고 왔고, 그들 중 일부는 북베트남군에 잡혀서 총살당했다.

"그들은 나라를 지킬 의지도 없었고, 지키려고 노력도 하지 않았으며, 심지어 북베트남에 무기까지 팔아먹었지요."

그 말에 듣고 있던 사람들의 얼굴은 창백해졌다.

돌려서 말하고 있지만 그게 자신들에게 하는 말이라는 것쯤은 알 수 있었기 때문이다.

"그래서 저희는 그들을 두고 왔습니다. 그리고 그건 지금의 여러분도 마찬가지이고요."

무능과 부패 그리고 범죄까지 저지른 놈들이다.

1급 기밀을 가지고 있는 놈들도, 국제적으로 영향력이 있어서 살려야 하는 놈들도 아니다.

죽는다 해도 미국에는 아무런 손해가 없는, 도리어 살아 있어 봐야 미국의 실패만 곱씹게 만드는 놈들이다.

이런 놈들은 살아 있어 봐야 탈레반에게서 아프가니스탄을 되찾아 달라고 징징거리기만 할 게 뻔하다.

"무슨 소리요! 나는 미국인이오!"

우이툴라는 앨버트 라이스의 말에 목소리를 높였다.

실제로 우이툴라는 미국 시민권을 가지고 있었다.

"정확하게는, 미국인이었죠."

하지만 아프가니스탄 대통령 선거에 출마하면서 그는 미국의 시민권을 포기했다.

상식적으로 한 나라의 대통령이 다른 나라 국민이라는 건 웃긴 상황이니까.

"그러니 우리에게 당신을 구조할 책임은 없습니다."

그 말에 우이툴라의 손이 바들바들 떨리기 시작했다.

이건 생각도 못 한 상황이었으니까.

이들은 비상시에 당연히 미국이 자신들을 데리고 탈출할 거라 생각했다. 그랬기에 자신들을 지킬 무기들을 탈레반에 넘기는 미친 짓을 할 수 있었던 거다.

"그리고 마이스터에서는 당신들을 두고 탈레반 정부 측과 협상할 계획입니다."

"탈레반…… 정부? 잠깐, 미국도 아닌 마이스터가 말이오?"

그냥 탈레반도 아닌 탈레반 '정부'라는 말에 우이툴라를 비롯한 아프가니스탄의 정부 관계자들과 당직자들은 소름이 쫘악 돋았다.

더군다나 왜 협상 당사자가 미국이 아닌 마이스터란 말인가?

"어쩔 수 없습니다. 아프가니스탄에서 안전하게 철수하려면 말입니다."

물론 이는 거짓말이다.

미군이 수도 카불 내에 남아 있는 이상 탈레반은 절대로 들어오지 않을 거다.

하지만 우이툴라를 비롯한 아프가니스탄 당직자들에게는 그럴듯하게 들렸다.

"그…… 그러면 미국이 철수를 확정 지었단 말입니까?"

"사실상 그렇습니다. 몇 년 전부터 꾸준하게 말씀드렸을 텐데요?"

미국은 아프가니스탄 정부에 수십 번이나 말했다.

영원히 여기에 있을 수는 없다고. 철수해야 한다고.

하지만 그들은 미국이 영원히 자신들을 지켜 줄 거라 믿었다.

그랬기에 미국의 자산과 자신들의 자산을 야금야금 빼돌려서 팔아먹기 바빴다.

그런데 날벼락이 떨어졌다.

"그…… 그러면 우리는 어쩌라고요?"

"글쎄요. 그건 저희가 아니라 탈레반에 물어보셔야지요. 아니면 마이스터나요."

"네? 하지만 우리를 지키겠다고 마이스터를 고용한 거 아닙니까?"

"누군가 뒷수습은 해야 하니까요. 방금 말씀드렸다시피 마이스터에서는 여러분의 처우를 두고 탈레반과 협상을 시도할 생각입니다."

생각해 보니 그랬다.

전투를 할 거라면 굳이 장비도 없고 숫자도 적은 마이스터의 민간 군사 기업을 고용할 이유가 없다.

"아시겠지만 미국은 자국민의 사망에 극도로 예민합니다."

그렇잖아도 매년 아프가니스탄에서 죽는 병사들 때문에 아프가니스탄에 대한 미국인들의 감정은 좋지 않다.

"그런데 철수 작전을 수행하는 과정에서 사망자가 나오거나 누군가 낙오되면 골 때리는 거죠."

아마 그때는 정부 지지율이 바닥으로 떨어질 거다.

"하지만 용병은 다르죠."

실제로 민간 군사 기업에서도 매년 적잖은 사망자가 나온다.

하지만 미국인 누구도 그것 때문에 안타까워하거나 그걸로 정부를 탓하지는 않는다.

왜냐하면 그들은 용병이니까.

스스로 돈을 벌기 위해 목숨을 걸고 전쟁터로 가는 걸 선택한 사람이니까.

강제로 전쟁터로 끌려간 불쌍한 미국 병사들과는 입장이 완전히 다른 거다.

"그리고 탈레반도 그들에게는 억하심정이 좀 덜하겠죠."

미군이 잡히면 곱게는 못 죽겠지만, 민간 군사 기업 멤버라면 적당한 보상을 주면 풀려날 가능성이 크다.

"더군다나 여러분들을 내놓는다면 더더욱 그럴 테고요."

앨버트 라이스 장군의 말에 다들 공포에 손을 바들바들 떨었다.

"참으로 안타까운 소식을 전하게 되어 비통한 마음을 금치 못하겠군요."

물론 전혀 비통하지 않았다.

그러나 그 진실을 모르는 아프가니스탄 정부의 주요 인사들은 벌써부터 살기 위해 머리를 있는 대로 굴리고 있었다.

노형진이 한 이야기는 단순히 이 두 가지만이 아니었다.

미군에서 시중에 푸는 물자를 통제하라고 했다.

사실 미군에서 외부로 반출하는 물자의 양은 절대로 적지 않다.

공식적으로 미 정부에서 지원하는 것 말고도, 비공식적으로 미군 병사들이 뿌리거나 재고를 정리하면서 외부에 뿌리는 것도 무척이나 많았다.

노형진은 그런 물자를 당분간 꽉 붙잡고 풀지 말라고 했다.

그리고 카불 시내의 순찰도 줄이라고 했다.

그렇게 얼마가 지나자 결과가 나왔다.

소식을 들은 앨버트 라이스는 헛웃음을 지었다.

"그러니까, 튀었다?"

"네. 대부분의 아프가니스탄 정부 인사들이 해외로 도망갔습니다."

"다른 나라로 망명한 건가?"

"망명도 아니고 그냥 도주입니다."

나라가 망했다든가 아니면 나라에서 탄압을 당한다면 망명이라도 할 수 있겠지만, 아프가니스탄이 아직 망한 것도 아니고 미국이 투표를 통해 선발된 이들을 탄압한 것도 아니다.

"돈 되는 건 싹 다 털어 갔다고 하더군요."

"허어~."

"그리고 우이툴라는……."

"우이툴라가 왜? 그놈은 남았나?"

"아닙니다. 전용기를 타고 이미 도주했습니다."

"그런데?"

"돈을 놓고 갔습니다."

"돈을 놓고 가다니? 그놈이 그럴 놈이 아닌데?"

앨버트 라이스의 말에 부관이 쓰게 웃었다.

자신도 보고받고는 기가 막혀서 말을 못 했으니까.

"전용기에 돈을 실을 공간이 없어서 활주로에 두고 갔답니다."

"전용기에 돈을 실을 공간이 없어서 활주로에 두고 갔다고?"

"네."

"우이툴라 전용기가 세스나 아닌가?"

대통령 전용기 하면 보통 보잉이나 에어버스 같은 걸 생각하지만 가난한 아프가니스탄에서 그런 건 말도 안 된다.

하지만 먼 거리를 차 타고 다닐 수는 없으니 그래도 나름 전용기라고 할 만한 게 있었는데, 그게 바로 소위 세스나라고 하는 민간용 비행기였다.

"정확하게는 세스나 그랜드 캐러밴 EX 모델입니다."

"돌겠군. 얼마나 해 처먹은 거야?"

보통 세스나라고 하면 사람들은 4인승의 작은 모델을 생각하지만 세스나 그랜드 캐러밴 EX는 화물기용으로 만들어진 상당히 큰 덩치의 물건이다.

애초에 화물기용으로 만들어서 공간도 크고, 아무리 가난한 나라인 아프가니스탄의 대통령이라고 해도 움직일 때 사람이 많으니 작은 세스나로 움직일 수는 없으니까.

조종사 두 명 빼고 승객만 아홉 명이 탈 수 있는 데다가 뒤쪽에 짐을 실을 수 있는 공간도 따로 있다.

"이러라고 준 게 아닌데 말이야."

군인이 왜 이렇게 민간항공기에 대해 잘 아느냐?

미 정부에서 사 준 것이기 때문이다.

심지어 개조해서 헬파이어 미사일도 달린 군용 버전이다.

우이툴라는 그중 하나를 대통령 전용기로 징발해서 타고 다녔다.

"우이툴라의 가족이라고 해 봐야 네 명뿐이니까."

아내와 자식 둘.

그런데 우이툴라의 성격상 다른 사람을 데리고 같이 탈출할 리는 없다.

그렇다면 뒤의 5인석도 비었다는 소리다.

당연히 그 공간은 돈이 되는 작은 것들로 꽉꽉 채웠을 거다.

그런데 그렇게까지 했는데도 불구하고 자리가 없어서 현금을 버리고 도망갔다니.

"어이가 없어서 말이 나오질 않는군."

아마도 우이툴라 혼자서 해 처먹은 돈이 못해도 수천억 달러는 될 듯했다.

그렇지 않고서야 이 정도로 비행기를 채울 수 있을 리가 없다.

우이툴라가 미쳤다고 1달러짜리를 가지고 있을 리가 없으니 죄다 100달러짜리일 테고, 그 안에는 작고 비싼 보석 같은 것도 가득할 거다.

"미 정부에 수배해 달라고 해. 지배 세력이 그 지랄이 났으면 나머지는 볼 장 다 봤겠군. 아프가니스탄군의 상황은 어때?"

분명 아프가니스탄군에 소집 명령을 내렸다.

물론 진짜로 모아서 탈레반과 일전을 결할 생각은 없다.

그러나 노형진은 한 번은 제대로 걸러야 한다고 했고, 그 때문에 최종 방어선을 지킬 인원을 차출한다면서 지금까지 소집된 전 병력에 소집 명령을 내렸다.

"그게…….."

그 말에 부관은 쓰게 웃었다.

"소집에 응한 병력이 한 10%밖에 안 됩니다."

"고작 10%?"

"네."

"미치겠군."

나머지는 존재하지 않거나 내뺀 놈들이라는 거다.

그 10%만 그나마 나라를 지키겠다고 모여든 거다.

매년 아프가니스탄군의 인건비로만 수십억 달러를 쓴 미국 입장에서는 기가 막혀서 말이 나오지 않을 지경이었다.

"안 나온 놈들은 모조리 잘라."

"그리고 문제가 그것만 있는 게 아닙니다."

"또 있다고?"

"자칭 우리 협력자라는 놈들이 공항으로 몰려와서 대피시켜 달라고 말하고 있습니다."

"설마?"

"네, 그 도주한 병력 중 상당수가 공항으로 모여들었습니다."

"미친 새끼들."

돈만 받아 처먹고 훈련에는 나오지도 않더니 도망가야 한다는 소문이 돌자 공항에 모여서 자기도 대피시켜 달라고 고래고래 비명을 지르고 있다는 거다.

"웃긴 건, 죄다 남자더군요."

"그렇겠지."

이슬람 문명을 기반으로 한 대부분의 국가에서 여자의 신분은 사실상 노예 수준이니까.

그러니 그들은 자기들만 살면 된다고 생각할 거다.

실제로 이슬람문화권의 난민은 대부분 남자고, 여자나 아이 들은 도망가지 못해서 현지에 남는 경우가 흔하다.

"모조리 명단 확인해 놔."

"진짜로 대피시키시려고요?"

"미쳤어? 애초에 대피 계획도 없는데."

뻥카는 쳤지만 아직 아프가니스탄에서 미군이 빠지는 게 확정되지는 않았다.

처음에는 빠지는 것으로 확실하게 워싱턴의 의중이 모아졌지만 단시간 내에 마이스터가 보여 준 성과에 조금은 두고 보자는 분위기로 흘러가고 있었다.

"그놈들 명단 확보했다가, 진짜 대피하게 되면 그 새끼들은 두고 간다. 그리고 지금부터 그 명단에 있는 새끼들은 모든 미군 관련 업무에서 배제해."

"알겠습니다. 그런데 사실상 아프가니스탄 정부가 와해된 것 같은데 어떻게 할까요?"

"그나마 대표를 맡을 수 있는 게 누가 있지?"

정치인이라는 새끼들이 모조리 도망간 상황에 다시 선거를 하는 건 불가능하다.

선거는 준비 기간도, 입후보 기간도 필요하다. 홍보 기간도 필요하고 말이다.

하지만 그걸 떠나서 현 상황에서는 누구를 뽑든 그 나물에 그 밥일 가능성이 크다.

"그나마 대표성을 가진 건 아프가니스탄 평의회 정도겠네요."

"소름이 돋는군."

그 말에 앨버트 라이스는 왠지 살짝 떨렸다.

혹시나 노형진이 이걸 노리고 기다린 게 아닐까 하는 생각도 들었다.

"일단 연락해서 자리 좀 잡아 봐. 당분간은 통치와 관련해서 그쪽이랑 이야기해 봐야겠네."

"워싱턴에서는 싫어할 겁니다."

"꼬우면 직접 와서 선거 준비하라고 해."

아프가니스탄에서 단시간에 선거 준비를 하는 건 불가능하다.

그리고 아프가니스탄에서 선거를 하면 거의 100% 탈레반의 주요 테러 표적이 되어 버리기 때문에 보안을 몇십 배는 올려야 한다.

"그나저나 골칫덩어리를 이렇게 쫓아내는군."

그렇게 말하는 앨버트 라이스의 머릿속에서는, 순간 어쩌면 마이스터라면 탈레반도 어찌할 수 있지 않을까 하는 기대감이 피어올랐다.

"노형진 변호사에게는 비행기를 보낼 테니 나랑 좀 보자고 전해."

"그렇게까지 말입니까?"

"그래. 가능성이 있다면야 돈이 아까울 리 없지."

역시 그도 돈이 넘치는 천조국의 장군이었다.

탈레반, 털리나요?

　노형진은 앨버트 라이스의 소환을 받아서 아프가니스탄에
도착했다.

　전용기까지 보내면서 와 달라는데 거절하기도 애매했으니까.

　물론 전용기라고 해 봐야 미국 군용기지만, 그것만 해도 미
군이 얼마나 노형진을 데려오고 싶어 하는지 알 수 있었다.

　"미스터 노, 오랜만이군."

　"잘 지내셨습니까, 앨버트 라이스 사령관님."

　"자리에 앉게나. 할 말이 많으니까."

　그는 싱글벙글 웃으면서 노형진에게 자리를 권했다.

　"덕분에 아프가니스탄의 혼란이 싹 다 정리되었어."

　"혼란이 가중된 게 아닌가요?"

"그럴 리가. 개판이야, 아주 그냥."

정부의 주요 인사가 도망간 후에 아프가니스탄에 제공한 무기를 확인해 보니 남은 게 거의 없을 정도였다.

수십조 달러에 달하는 무기들이 어디론가 싹 다 사라진 거다.

"그나마 다행인 건, 그들에게 준 것 중에 초정밀 무기는 없다는 거야."

그거야 당연한 거다.

미국이 몰랐던 게 아니라 알면서도 어쩔 수 없이 준 거니까.

하지만 그놈들을 덜어 냈으니 이제 모든 것이 다시 정상으로 돌아올 거다.

"물론 탈레반을 막아야 한다는 전제 조건은 그대로지만 말이야."

"방어 자체는 문제가 없지 않습니까?"

"방어는 문제가 없지. 하지만 탈레반 그 자체가 문제야."

사실 현재 탈레반 입장에서 미군이 지키고 있는 지역에 들어온다는 건 자살행위나 마찬가지다.

파키스탄이 지원해 준다? 그래서 뭐 어쩌란 말인가?

그 지원을 해 주는 파키스탄마저도 미국이 화가 나면 순식간에 날아간다.

'하긴, 웃긴 거지.'

파키스탄과 미국은 오랜 앙숙이었다. 그런데 왜 갑자기 친해진 걸까?

웃기게도 그건 미국이 눈이 돌아가서였다.

911 테러가 벌어졌을 때 미국은 말 그대로 분노로 눈이 돌아갔는데, 당시의 미국은 상대가 설사 러시아라 해도 전쟁을 불사할 생각이었다.

그런데 그 911 테러의 당사자인 오사마 빈 라덴이 아프가니스탄에 숨어 있었고, 미국은 앙숙이던 파키스탄에 접근하는 항공 루트를 열어 달라고 요구했다.

물론 파키스탄은 처음에는 거절했으나 미국이 '그러면 너희를 구석기시대로 돌려놓고 지나가겠다.'라고 말해 버렸다는 게 문제였다.

그건 절대 농담이 아니었다.

결국 파키스탄은 꼬리를 말고 아프가니스탄에 있는 미군의 공급 기지 노릇을 하는 동시에 탈레반을 몰래 지원하면서 아프가니스탄을 먹을 계획을 세우게 된 것이다.

"물론 우리가 그놈들을 공격하는 데에는 한계가 있네. 그게 문제야."

탈레반 세력은 대부분 동굴 안에 은신해 있다. 그리고 그걸 항공 전력으로 쓸어버릴 수는 없다.

전면전이라면 압도적 항공 전력으로 전쟁의 승패를 바꿀 수 있지만 이런 게릴라전에서는 한계가 명확하다.

"그렇다고 보병 전력을 투입할 수도 없어."

"압니다."

물론 작심하고 밀어 넣기 시작하면 이기기는 할 거다.

하지만 이기는 것과 별개로 미 정부의 지지율은 시궁창으로 처박힐 거다.

미국이 미사일을 애용하는 건 인명 피해를 줄이기 위해서다.

문제는 보병이 없으면 전쟁을 끝낼 수 없다는 것.

"그러니까 제가 약간의 도움을 드리지요."

"도움?"

"제가 준비한 무기가 있습니다."

"신형 무기가 있다고?"

노형진의 말에 앨버트 라이스는 고개를 갸웃했다.

그도 마이스터의 민간 군사 기업이 돈이 많은 거대 기업인 건 안다.

하지만 미국도 개발에 엄청나게 돈을 꼬라박아야 하는 게 신형 무기인데, 생긴 지도 얼마 되지 않은 민간 군사 기업에서 벌써 신형 무기라니.

"그렇잖아도 준비해 두라고 이야기해 놨습니다. 가시죠."

"그걸 이렇게 빨리 준비했다고? 애초에 대체 언제 준비한 건가?"

"뭐, 여러 가지 이유가 있죠."

노형진은 피식 웃으며 말했다.

사실 아프가니스탄을 위해 준비한 건 아니니까.

"가시죠. 바로 가실 수 있습니까?"

"효과적인 무기라면 완전 땡큐지. 가도록 하지."

노형진은 그를 데리고 아프가니스탄 내의 마이스터 민간 군사 기업의 점유지로 향했다.

그곳에 도착한 앨버트 라이스는 기가 막혔다.

"이건…… 아편이잖아?"

창고 안에 가득 쌓여 있는 아편들.

그건 분명 아프가니스탄의 농장에서 구입한 거다.

병충해도 돌았고 탈레반이 빼앗아 간 것도 많지만 아프가니스탄에서 생산되는 아편의 양은 절대로 적지 않다.

오죽하면 아프가니스탄에서 전 세계 공급량의 최대 95%를 생산한다는 소리가 나오겠는가?

"이게 왜 여기에 있지? 소각 처리해야 하는 거 아닌가?"

그는 당연히 마이스터가 사들인 아편을 모조리 소각 처리했을 거라 생각했다.

"아, 이건 아편이지만…… 가공 전입니다. 가공을 더 해서 순도를 높일 겁니다."

노형진의 말에 앨버트 라이스의 눈에 황당함이 스쳤다.

"설마 이걸 시중에 푼다는 건 아니겠지?"

"네? 설마요. 그럴 리가 있겠습니까?"

당연히 그럴 생각은 없다.

노형진이 그렇게 돈에 미친 인간도 아닐뿐더러, 그러는 순간 전 세계를 적으로 돌리게 될 테니.

"순도를 최대한 높여서 탈레반에 뿌릴 예정입니다."

"뭐?"

그 말에 앨버트 라이스는 기가 막혔다.

"아니, 기껏 탈레반에게서 빼앗아 온 걸 다시 뿌린다고?"

"네."

"자네 미쳤나? 그러면 그걸 그놈들이 팔 거 아닌가!"

"아마도 그러고 싶겠지요. 저는 그걸 노리는 거고요."

"진짜 미쳤군."

"일단 오시죠. 가면서 설명해 드리겠습니다."

노형진은 그를 데리고 안으로 들어갔다.

건물 안쪽의 완벽하게 경호되고 완벽하게 밀폐된 공간 안에서 소수의 사람들이 하얀색의 방진복을 입고 작업하는 중이었다.

그리고 기계가 극소량씩 아편을 포장하고 있었다.

"제가 생각한 건 아편 폭탄입니다."

"아편 폭탄? 설마 저 조그만 거에 폭탄을 달아서 투하하겠다는 건 아니지?"

"그럴 리가요."

노형진은 고개를 흔들었고, 직원 한 명이 그에게 캡슐을 가지고 왔다.

"이 캡슐에는 아편이 들어 있습니다. 딱 1회 분량입니다. 뭐, 초기 중독 기준이지만요."

"그래서?"

"그리고 저희는 이걸 이렇게 다섯 알씩 구분해 놨습니다."

한국의 치킨집에서 치킨을 시키면 동봉되는 소금이 담긴 종이봉투. 그곳에 다섯 알씩 아편을 넣어 놨다.

"그걸 뿌리겠다고?"

"맞습니다."

"왜?"

"탈레반도 아편중독일 테니까요."

"그거야…… 그렇지. 그럴 가능성이 높군."

아프가니스탄이나 파키스탄은 마약에 대한 저항성이 낮다.

신체적으로 저항성이 낮다는 게 아니라, 마약을 하는 게 일상적인 일이라는 뜻이다.

그들 입장에서는 어차피 언제 죽을지 모르는 현실이기에, 그냥 마약에 취해서 대충 사는 분위기가 강하다.

"더군다나 탈레반이 사는 동네가 행복한 동네는 아니지 않습니까?"

집 대신에 동굴. 침대 대신에 침낭.

그것도 직급이 좀 되어야 그렇고, 대부분은 그냥 모포 하나 뒤집어쓰고 잔다.

화장실도 따로 없고 먹는 것도 부실하다 못해 열악하다.

아무리 파키스탄이 은밀하게 도와준다고 해도 우선순위는 병기류다. 고기나 향신료 같은 건 거의 접할 수가 없다.

"하긴, 그 이야기는 하더군."

아마도 그들의 주요 식량은 소위 난이라고 하는, 구운 밀가루 반죽을 가마에 넣어서 구운 빵일 거다.

신선식품류는 옮기기도, 보관하기도 힘드니까.

"그래서?"

"사람에게는 욕구라는 게 있습니다. 그게 충족되지 않으면 문제가 생기죠. 문제는 탈레반에 그걸 채워 줄 방법이 없다는 겁니다. 그렇다면 그들을 어떻게 컨트롤할까요?"

"마약이라는 건가?"

"맞습니다."

실제로 탈레반은 그렇게 수거해 간 엄청난 양의 아편 중 일부를 탈레반 대원에게 제공하고 있다.

그래야 정신적으로 예속되고, 마약을 얻기 위해 자신들을 위해 일하니까.

"마침 미국은 전 세계에서 마약으로 가장 골치를 썩고 있는 국가 중 하나죠."

아편에서부터 필로폰, 심지어 암페타민까지 온갖 마약이 몰려들기에 미국에서는 그 모든 것들을 수거해서 열심히 태우고 있다.

법을 바꿔서 발신처나 하다못해 보낸 나라라도 확인할 수 있다면 그 마약은 그 나라로 되돌려 보낸다는 극단적인 방법을 쓰자 그제야 그 나라들도 어느 정도 단속하는 시늉을 하고 있지만, 미국 내부에서 만들어지는 마약과 유통 라인을 알 수 없는 마약은 매년 어마어마한 양이 발각된다.

"우리는 그걸 뿌릴 겁니다. 이렇게 소량씩요."

"어째서?"

"그들은 이걸 팔지 못할 테니까요."

"팔지 못한다고?"

"네."

지금 탈레반은 아편 수거에 실패했다.

예측에 따르면 그들이 가지고 간 아편은 과거에 수거해 간 아편의 20분의 1 이하라는 이야기가 있다.

그마저도 농장 주인까지 살해해 가면서 가지고 간 게 그 수준.

내년에는 그들이 가지고 가는 아편의 양은 더 줄어들 가능성이 높다.

아편을 키우면 탈레반에게 모조리 빼앗기거나 아니면 살해당할 가능성이 높아진다는 소문이 날 테니까.

아편을 팔아서 무기와 식량을 사야 하는 탈레반 입장에서는 돈줄이 마르는 셈이다.

"그러니 그들은 이번에 확보한 아편을 탈레반 행동대원들에게까지 주지는 못했을 겁니다. 팔기도 부족할 테니까요."

"그래서?"

"그런데 탈레반 놈들이 이 마약을 발견하면 어떻게 될까요?"

"그거야…… 아하! 그렇군."

그걸 발견했다고 솔직하게 보고하고 반납할까?

그럴 리가 없다.

그놈들은 이미 중독자다. 아편을 보고하는 대신에 자신들이 사용할 거다.

미국에서도 마약을 하기 위해 살인까지 불사하는 사람들이 있다. 그런데 여기라고 다를까?

하물며 살인에 무감각한 탈레반인데?

"물론 탈레반 상층부도 알게 되기야 하겠지요."

하지만 그걸 빼앗거나 하지는 못한다.

왜냐하면 그 양이 얼마 안 되기 때문에, 빼앗아 봐야 큰 도움이 되기는커녕 도리어 악감정만 생기니까.

"차라리 자기들이 주지 못하는 마약을 탈레반이 알아서 구한다고 하면 좋다고 생각하겠지요."

"허?"

그리고 노형진은 지금 이 아편의 순도를 높이는 과정을 거치고 있다.

"나중에 탈레반이 마약을 줘도, 그걸로는 기별도 안 가게될 겁니다."

당장이야 아편이지만 시간이 지나면 헤로인, 그다음에는 암페타민같이 점점 강한 마약을 원하게 되는 게 바로 마약중독이다.

마약중독은 약한 마약을 하거나 같은 용량을 계속 쓰는 그런 게 없다.

인간의 신체는 익숙해질수록 점점 더 강한 마약을 찾게 된다.

"시간이 지나면 탈레반의 내부는 알아서 붕괴할 겁니다."

탈레반 내부에서 마약에 취한 놈들은 어떻게 해서든 마약을 구하기 위해 몸부림칠 거다.

그리고 마약에 취한 놈들은 사람 구실을 못 한다.

알라를 위해 돌격?

마약에 취해서 금단현상에 몸부림치는 놈은 돌격은커녕 걷는 것조차도 힘들어한다.

"아니, 국제적인 시선은 어쩌려고?"

물론 좋은 생각이다.

만일 노형진의 계획대로 된다면 탈레반은 알아서 무너질 거다.

하지만 마약을 군사 무기로 뿌리는 건 전 세계에서 경악할 일이다.

"애초에 마약을 뿌리는 건 저희가 아닙니다, 탈레반이지."

"뭐?"

"아까 말씀드렸잖습니까, 탈레반에서 마약을 뿌린다고."

사람들은 탈레반이 마약에 취한 이유가 탈레반이기 때문이라고 생각할 거다.

이 모든 작전은 극비리에 벌어질 테니까.

실제로 탈레반 내부에서 마약을 뿌리는 건 많이 알려져 있다.

"설사 걸린다고 해도 욕은 우리가 먹습니다, 미국이 아니라."

민간 군사 기업이 존재하는 이유가 뭔가? 미국이 할 수 없는 걸 하기 위해서가 아닌가?

"확실히……."

그렇게 되면 탈레반 입장에서는 미치고 팔짝 뛸 거다.

병력으로 쓰기 위해서는 마약을 막아야 하는데 중독된 탈레반 대원들이 거기에 따를 리도 없고, 그렇다고 그냥 두자니 돌격은커녕 자기들이 처리해야 하는 짐만 늘어난다.

마약중독이 된 놈들은 사실상 똥 만드는 기계 그 이상도 그 이하도 아니니까.

"좋은 방법이기는 한데……."

어차피 미국에서 은밀하게 한다면 그 사실을 외부에서 알 가능성은 없다.

누군가 그걸 주워 가서 쓴다?

그럴 가능성은 낮다.

포장이 종이라 쉽게 썩고 쉽게 상하기 때문이다.

비행기에서 막 뿌려도 약은 가벼운 물건이라 손상이 가진 않겠지만, 일단 바닥에 떨어지고 나면 누군가 바로 줍지 않는 한 바람과 비 그리고 황량한 아프가니스탄의 환경에 의해 순식간에 포장지는 썩어서 사라질 테고 그 안에 담긴 마약 역시 흙 속에 섞여 천천히 썩어 갈 거다.

"외부에서 누군가 주워서 그에 중독될 가능성은 거의 없겠군."

"아프가니스탄의 현실을 생각하면 그렇지요."

탈레반이 아닌 이상이야 탈레반 점령지, 그것도 부대 주둔지 주변을 돌아다닐 사람은 없으니까.

"하지만 딱히 신무기는 아닌데?"

"분명 효과적인 신무기는 아니죠. 사실 이것도 미끼입니다."

"미끼?"

"네. 진짜 신무기는 이쪽에 있습니다."

노형진은 앨버트 라이스를 데리고 안쪽으로 향했다.

거기에 있는 건 드론이었다.

하지만 드론치고는 너무 이상했다.

"뭔 놈의 드론이 이렇게 뚱뚱해?"

드론은 날렵하고 가벼워야 한다.

하지만 이 드론은 아무리 봐도 날렵하고 가벼운 것과는 거리가 멀었다. 한마디로, 커다랗고 뚱뚱하다.

그리고 그 옆에는 해체된 상태의 드론이 있었다.

그걸 보면서 앨버트 라이스는 기가 막혔다.

"아니, 이 드론은 엔진으로 돌아가나?"

"네."

"배터리도 아니고 엔진이라니, 이게 무슨 신무기란 말인가?"

물론 엔진이 배터리에 비해 출력이 좋은 건 사실이다.

이렇게 작은 엔진을 만드는 게 어려운 것도 아니고 말이다.

하지만 그럼에도 불구하고 드론에 배터리를 쓰는 이유는 간단하다.

첫 번째, 가볍기 때문이다.

엔진은 연료를 먹는다. 당연히 그만큼 무거워지니 오래 날지 못한다.

두 번째, 조용하다.

배터리와 달리 엔진은 소음이 상당하다. 그런데 현대에서 드론의 주요 목적은 당연히 감시와 정찰이다. 그런데 엔진 소리를 요란하게 내면 어떻게 감시와 정찰을 하겠는가?

"더군다나 이거 뭔가? 케블라 같은데."

"맞습니다."

"케블라로 드론을 감싸? 가격은 둘째 치고, 이게 얼마나 비효율적인지 아나?"

무게가 늘어나면 당연히 항속거리도 속도도 줄어든다.

"비효율적이죠. 이 드론이 날 수 있는 시간은 잘해 봐야 30분 정도일 겁니다. 항속거리로 치자면 30킬로미터 정도 되겠네요."

"장난하나?"

더군다나 이렇게 뚱뚱한 드론은 눈에 띌 수밖에 없다.

30분의 항속거리가 30킬로미터라면 너무 느린 데다 정탐도 불가능하다.

"거기에 짐을 올리면 더 느려집니다. 아마 최대속력이 20킬로미터나 나올까요?"

"짐?"

그런데 짐이라는 말에 앨버트 라이스는 고개를 갸웃할 수밖에 없었다.

"짐이라니? 설마 이걸 물자 운반용으로 쓰겠다 그런 건 아니지?"

"아닙니다."

"아니면 뭐, 폭격용으로 쓴다거나."

"그것도 가능합니다만 사실 비효율적이죠."

왜냐하면 이 드론의 목적은 오로지 단 하나, 효율을 내던지고 단시간에 단거리로 다량의 물건을 옮기는 거니까.

"도대체 이걸 뭐에 쓰려고?"

"문제는 동굴이죠, 탈레반이 아니라."

"응?"

"앨버트 라이스 사령관님도 말씀하시지 않았습니까? 그 빌어먹을 동굴 때문에 죽겠다고요."

"그렇지."

포격하고 싶어도 꿈쩍도 안 하고, 동굴마다 벙커 버스터를 날리자니 돈지랄도 이런 돈지랄이 없다.

아무리 천조국이라 해도 그건 불가능하다.

수뇌부가 있다면 모르겠지만 말이다.

"그래서 이게 뭔데?"

"벙커 버스터는 아니고, 음…… 케이브 버스터쯤 되겠네요."

"케이브 버스터?"

"말 그대로 동굴을 무너트리는 물건입니다."

최대 적재량은 200킬로그램.

물론 그 정도 폭탄을 옮기게 되면 드론은 엔진을 최대한 돌려도 10킬로미터도 가지 못한다.

속도 역시 시속 20킬로미터 이하로 떨어진다.

하지만 그 정도면 충분하다.

"동굴을 발견하면 이 드론이 날아가는 거죠."

아무리 느려도 드론은 드론. 하늘을 날아서 근접할 때까지도 병사들은 모를 거다.

여기에서부터 날아가는 게 아니라 헬기 등을 동원해서 근거리까지 이동한 후에 날릴 계획이니까.

당연하게도 그걸 발견한 시점에는 이미 막을 수 없는 상황일 테고 말이다.

"그대로 드론은 동굴 안으로 들어가는 거죠."

"설마?"

"네, 그 설마가 맞습니다. 입구에서 '꽝!' 하고 터지는 거죠. 동굴마다 다르겠지만, 일반적으로 200킬로그램의 폭탄이면 충분히 입구를 무너트릴 수 있을 겁니다."

그러면 안에 있던 탈레반은? 동굴이 무너지면서 같이 죽거나 굶어 죽거나 할 수밖에 없다.

운이 좋아 살아남으면 살려 달라고 고래고래 소리를 지르겠지만, 과연 탈레반 다른 동료들이 그의 뜻대로 움직여 줄까?

"폭격용 드론이라 이건가?"

"폭격용 드론이라……. 좀 다릅니다. 폭격용 드론은, 아니 자폭용 드론은 일반적으로 이 정도 위력은 나오지 않으니까요."

왜냐하면 싼 가격에 미사일을 대체할 목적으로 만들어진 게 자폭용 드론이니까.

그렇다 보니 속도가 중요해서, 이 정도로 많은 양의 폭발물을 설치하지는 않는다.

"방향성도 폭발 자체보다는 동굴을 무너트리기 위해 폭발력이 퍼지도록 만들어 둔 물건이고요."

일반적인 자폭용 드론이 위에서 냅다 내리꽂는 형태라면 이건 마치 정찰용처럼 이리저리 움직일 수 있다. 산지나 복잡한 지형 내부에 있는 동굴을 노려야 하기 때문이다.

"케블라를 설치한 건?"

"소총탄만 막으면 되니까요."

동굴 안에 대공포를 설치할 리는 없고, 동굴 밖에 대공포가 설치되어 있으면 다른 걸로 박살 내고 드론을 들여보내면 된다.

휴대용 지대공미사일 시스템인 맨패즈로는 초저공으로 비행하는 드론을 조준하는 게 불가능하고, RPG-7 같은 건 빠르게 움직이는 드론을 잡는 게 불가능에 가깝다.

결국 그걸 발견한 놈들이 할 수 있는 건 기껏해야 소총을 쏘는 것뿐이다.

그것만 막으면 충분히 필요한 깊이까지 갈 수 있다.

어차피 입구를 무너뜨려 막는 게 목적이기에 너무 깊숙하게 들어갈 이유도 없으니까.

"그리고 이미 드론 공격을 받았다는 것 자체가 그곳이 드러났다는 의미입니다. 구조 작전을 하기 위해 병력을 모은다는 건 결국 그냥 표적지를 만드는 꼴이죠."

사람 목숨을 파리 목숨으로 생각하는 탈레반의 성향을 생각하면 100% 모른 척 도망갈 거다.

"설사 구조를 한다고 해도 그게 쉬울까요?"

거기에 포클레인이 있겠는가, 아니면 뭐가 있겠는가?

오로지 삽 하나로 죽어라 파야 하는데 그게 쉬울까?

전 세계에서 갱도가 무너지면 난리가 나는 이유가 뭔가?

갱도가 있는 곳까지 땅을 파고 사람을 구하는 게 힘들기 때문이다.

파다가 또 무너질 수도 있고, 다 파기도 전에 안에 있던 사람이 질식하거나 굶어 죽거나 갈증으로 말라 죽을 수도 있다.

"그들이 도망간 후에 우리가 구조 작전을 해도 되고요."

"하지만 탈레반 놈들이 숨어 있는 동굴은 워낙 미로 같아서……"

"전부 그럴까요?"

물론 그런 곳을 골라서 숨기는 할 거다.

하지만 기본적으로 그렇게 여러 개의 탈출구가 있는 동굴은 수뇌부가 차지하지, 일반 탈레반 전사들이 쓰지는 못할 거다.

모든 동굴이 다 여러 개의 입구를 가지지는 않았을 테니까.

동굴 한 명당 못해도 백 명 이상의 탈레반 전사가 있을 테니 드론의 가격과 폭탄의 가격을 생각하면 엄청나게 싸게 먹히는 거다.

애초에 이게 아무리 비싸 봤자 미사일보다는 쌀 테니까.

그리고 탈레반 하나 잡겠다고 미사일을 쏘는 게 바로 미국이다.

"어느 동굴인 줄 알고? 아프가니스탄에 동굴이 얼마나 많은지 아나?"

"압니다. 아니까 드리는 말씀입니다."

노형진은 씩 하고 웃으며 말했다.

"제가 왜 마약을 뿌리겠습니까?"

"당연히 중독시키기 위해서 아닌가?"

"물론 그것도 있죠. 하지만 그건 장기 플랜입니다. 단기 플랜은 그들이 그걸 가져가게 하는 겁니다."

"가져가게 하기 위해서?"

"네."

"아하!"

작은 추적 장치를 만드는 건 어렵지 않다.

물론 배터리의 한계 같은 걸로 인해 오랜 시간 쓸 수는 없겠지만, 최소한 그런 종이봉투 안에 슬쩍 감추는 건 불가능하지 않다.

"봉투에는 마약이 있죠."

그리고 그 봉투를 발견한 탈레반은 그걸 챙겨 갈 거다. 자신이 마약을 해야 하니까.

"자연스럽게 동굴로 안내해 주는 셈이 되는군."

"맞습니다."

"하지만 한두 번은 모를까, 나중에는 알 텐데?"

"안다고 해도 별반 달라질 게 없죠. 그들은 마약에 찌들었습니다. 그리고 마약은 판단력을 저하시키죠."

"그래서?"

"당연히 그들은 마약을 가지고 갈 겁니다."

아마도 마약 봉투 안에 있는 추적기를 부수어 버리는 방식으로 행동할 거다.

"아시겠지만, 그렇게 되면 누군가가 마약에 손을 댔다는 뜻입니다."

설사 부수지 않는다 해도 마약과 연결해서 특정 상황에서는 신호가 끊기게 만드는 건 딱히 어려운 기술도 아니다.

"그 말은 그 주변에 탈레반 동굴이 있다는 겁니다."

왜냐하면 탈레반 놈들이 멀리 이동하는 건 불가능하기 때문이다.

탈레반이 숨어 있는 곳은 거친 산지라 대부분의 경우 차량으로 이동하는 데 한계가 있다.

그래서 보통은 걸어서 내려와 차량을 타는 게 일반적이다.

설사 차량을 탈 수 있는 위치라고 해도, 현실적으로 기름도 기타 관리 시설도 부족한 탈레반이 일반 병사가 마음대로 차량을 이용할 수 있게 해 줄 리가 없다.

그랬다가 미군의 감시에 걸리면 중요한 차량을 날리니까.

"즉, 그걸 건드렸다는 것 자체가 탈레반이 주변에 있다는 걸 의미합니다."

그러니 그때는 감시용 드론으로 싹 살펴보면 된다.

모든 설명을 들은 앨버트 라이스는 그제야 만족스러운 미소를 지었다.

"효과적이군."

지금처럼 감시위성을 사용할 이유도, 매일같이 그 비싼 감시용 드론을 띄울 이유도 없다.

그냥 특정 지역 주변만 싹 감시하면 되니까.

"자네는 이번에 계약한 걸로 알고 있는데 어떻게 이런 걸 준비한 건가?"

설마 마이스터가 모든 걸 알고 있었을까?

'아니야. 그럴 리가 없어.'

마이스터의 정보력이야 어마어마하다지만 아프가니스탄

을 마이스터에 위임하는 문제는 원래 계획이 없었다.

최후의 발악으로 맡긴 것뿐이다.

그러니 이런 걸 미리 준비할 수 있었을 리도 없다.

"원래는 아프가니스탄을 대상으로 준비한 게 아닙니다."

"아니라고?"

"네."

"그러면 어디서 쓰려고 한 거야?"

"북한입니다."

"북한? 아, 하긴, 그것도 그렇군. 그놈들이 땅굴 파는 데에는 도가 텄지."

실제로 북한은 미국의 공중 전력과 미사일을 막기 위해 거의 모든 군사시설을 지하화했다.

만일 한국이 북한과 전쟁을 치러야 하는 경우 한국이 지금의 미국과 같은 문제에 직면할 테고, 소탕을 위해서는 안에 사람을 밀어 넣어야 하는데 그러면 인명 피해가 미친 듯이 늘어날 것이다.

"하지만 입구만 막으면 이야기는 달라지죠."

물론 아프가니스탄과 다른 점은, 북한은 동굴이 아니라 계획적으로 판 땅굴인 만큼 다른 입구가 있을 가능성이 크다는 거지만, 조금씩 입구를 막다 보면 결국 언젠가는 밖으로 나와서 폭격에 맞아 죽든가 땅속에서 갇혀서 굶어 죽든가 아니면 항복하든가 셋 중 하나를 선택해야 한다.

"위력은 부족하지 않을 겁니다."

애초에 어느 정도 콘크리트로 강화된 북한의 땅굴을 노리고 만들어진 케이브 버스터인 만큼 그 폭발력으로 천연 땅굴을 막는 건 어려운 일이 아닐 거다.

"허, 이거 관심이 가는데?"

앨버트 라이스는 인정할 수밖에 없었다.

지금까지 들어 본 모든 계획 중에서 노형진이 제시한 이 방법이 탈레반에 가장 치명적인 피해를 줄 수 있는 방법이라는 걸 말이다.

"그래서, 언제부터 시작할 수 있나?"

"바로 시작할 수 있습니다. 오래전부터 준비했으니까요."

"그러면 딱 적당한 위치가 있지, 후후후."

⚖

미국이 대략적으로 탈레반의 위치를 잡고 있는 곳이 있다.

하지만 실제로 어쩌지는 못하고 있었다.

그도 그럴 게, 도로에서 먼 산속인지라 장갑차나 전술 차량이 기동하는 게 불가능했고 전투기와 미사일로 몇 번 폭격해 봤지만 동굴들은 꿈쩍도 안 했으니까.

그렇다고 벙커 버스터를 쓰자니 동굴이 많은 지형인 데다가 어디에 수뇌부가 있는지 알지 못하니 그럴 수도 없었다.

그랬기에 뻔히 알면서도 구경만 해야 했고, 그래서 의외로 그곳의 탈레반은 느긋하다 못해 늘어지는 상황이었다.

　정확하게는, 얼마 전까지는 확실히 그랬다.

　"이 개 같은 새끼가!"

　퍼억.

　사납고 반미치광이인 탈레반들. 그들 사이에서 이상 징후가 나타난 건 그리 오래되지는 않은 일이었다.

　"이 새끼가!"

　갑자기 두들겨 맞은 남자는 자신을 때린 남자에게 총을 들이밀었고, 그 옆에 있던 남자가 다급하게 그 총을 허공으로 밀어 올렸다.

　타타타타탕!

　그리고 들리는 총소리.

　위협이 아니라 진짜로 쏘려는 행동이었기에 당연 총소리가 울렸고, 총알은 동굴의 천장을 때렸다.

　"이 새끼, 죽여 버리겠어!"

　그러자 처음 주먹을 휘두른 남자도 총을 들이밀었고, 그런 그를 다른 탈레반이 다급하게 말렸다.

　"뭐 하는 거야?"

　"참아! 진정해!"

　"진정하게 생겼어? 저 새끼가 내 걸 훔쳐 갔다고!"

　"증거 있어, 이 새끼야?"

"내가 증거다, 이 개 같은 새끼야!"

눈이 돌아가서 싸우는 두 사람.

그리고 그들을 말리는 사람들.

"증거 없으면 참아."

"시팔. 죽여 버릴 거야."

"참으라고."

결국 두 사람을 강제로 떼어 내고 그들의 무기를 빼앗는 다른 탈레반들.

안술라는. 저들이 왜 저러는지 알 것 같았다.

'아편 지급이 끊어진 지 오래니까.'

탈레반에게는 일정량의 아편이 지급되었다.

그게 없었다면 이 지옥 같은 곳에서 버티는 건 쉽지 않았을 테니까.

하지만 미국이 전량 구입 정책을 벌이고 심각한 병충해까지 돌자 확보한 아편의 양이 터무니없이 부족해져, 상부에서는 탈레반 전사에 대한 지급보다는 판매를 우선했다.

그렇다 보니 대부분의 탈레반 전사들은 심각한 금단증상으로 무너지는 중이었다.

운이 좋아서인지 어쩐 건지 모르지만 길을 가다가 종종 바닥에 떨어진 마약을 발견할 수 있었기에 그나마 버틸 만했지만, 부족한 마약 때문에 이런 문제가 자꾸 생기고 있었다.

아마도 내 물건을 훔쳐 갔다는 저 말은 내 마약을 훔쳐 갔

다는 말일 테고, 금단현상을 생각하면 죽여 버리고 싶은 것
도 이해가 됐다.

"죽여 버릴 거야!"

"내가 먼저 죽여 주마!"

그리고 그들의 모습을 보면서 안술라는 살짝 겁이 났다.

사실 그 마약을 훔친 건 그 자신이었기 때문이다.

다들 마약이 부족하자 극도로 흥분하기 시작한 상황.

"안술라, 나가자. 교대야."

"응? 아, 그래."

때마침 들려오는 동료의 말에 안술라는 다급하게 자리에
서 일어나 자신의 총을 들었다.

"씨팔. 지겨워 죽겠네."

"그러게."

"그나저나 보급이 제대로 되고 있긴 한 거야?"

그렇잖아도 요 근래 보급이 줄어들고 있다.

이해는 간다.

마약은 단순히 탈레반 전사들의 스트레스 해소용이 아니
다. 그걸 팔아서 빵도 사 오고 무기도 사 오고 연료도 사 와
야 한다.

하지만 그게 모조리 끊어진 상황이었고, 그 때문에 내부의
불만은 장난이 아니었다.

"고작 난 하나로 어떻게 하루를 버티란 거야."

난이란 이슬람문화권에서 먹는 주식이다.

간단하게 말해서 밀가루를 갠 것을 화덕에 구워 내는 간단한 빵인데, 유럽의 빵처럼 다양한 맛이 있는 게 아니다.

평범한 밀가루 덩어리로, 그걸 여러 가지 반찬과 같이 먹는 게 일반적인 식사법이었다.

한식으로 치면 맨밥 같은 거다.

그런데 요 근래 상부에서는 제대로 된 식량을 보급하지 못하고 있었다.

특히나 최근에는 아예 대놓고 하루에 난 하나가 정량인 수준이었다.

"기다리면 보급이 오겠지."

"언제쯤 올까?"

"글쎄."

사실 안다, 그럴 가능성이 낮다는 걸.

아무리 파키스탄에서 지원해 준다고 해도, 파키스탄은 가난한 나라다. 미국처럼 돈지랄을 할 수도 없고 무기를 마구 지급해 줄 수도 없다.

그들이 줄 수 있는 건 얼마간의 돈과 자신들에게 지급되는 무기의 공급 라인뿐이다. 아니면 그와 같은 인력이든가.

사실 안술라 역시 파키스탄 사람이 아니던가?

"기다리다 보면 그래도 좋은 날이 오지 않겠어? 미 제국 놈들도 아프가니스탄에서 철수한다는 이야기가 있잖아. 그놈들이 철수하면 아프가니스탄을 점령할 수 있을 테니, 그러면 충분한 보상을⋯⋯ 응?"

동료는 말을 하다 말고 주변을 두리번거리기 시작했다.

"왜 그래?"

"무슨 소리 안 들려?"

"무슨 소리? 난 아무것도 안 들리는데."

"잘 들어 봐. 희미하게 엔진 소리 같은 게 들리는 것 같기도 하고 뭔가 날아다니는 소리가 들리는 것 같기도 하고."

그 말에 안술라는 잔뜩 긴장한 채 주변을 둘러보기 시작했다.

자신의 동료가 종종 허황된 말을 하는 놈이기는 하지만 최소한 귀는 밝은 놈이라는 걸 알고 있었기 때문이다.

그래서 혹시나 하는 마음에 집중하자 실제로 어디선가 '부우웅' 하는 소리가 들려왔다.

"뭐지?"

"그러게. 어디서 나는 소리지? 이 주변에는 딱히 날아다닐 만한 게 없는⋯⋯."

그 순간 어두운 하늘에서 갑자기 뭔가가 불쑥 나타났다.

시선을 피하기 위해서인지 검은색으로 칠해진 몸통에, 별처럼 위장하기 위해서인지 작은 하얀 점까지 박혀 있는 물건이었다.

"드론이다!"

처음 보는 것이었지만 그게 드론이라는 걸 모를 리가 없었기에 그들은 다급하게 총으로 해당 드론을 쏴 대기 시작했다.

미국 놈들이 알면 여기로 미사일을 쏠 테니까.

물론 동굴 안에 미사일이 들어올 리는 없지만 재수 없게 나갔다가 미사일을 맞고 싶지는 않았다.

탕! 탕!

그러나 나름 노력해서 조준했지만 드론은 거침없이 직진해 올 뿐이었다.

"씨팔, 왜 안 떨어져!"

안술라는 이를 악물고 탄창을 다급하게 갈아 끼웠다.

연발로 갈겼지만 빗나간 건지, 드론은 꼼짝도 하지 않았기 때문이다.

그리고 그사이 드론은 두 사람 사이를 스쳐 동굴 안으로 들어갔다.

"드론이 안으로 들어갔……!"

하지만 그 말을 다 끝내기도 전에 강력한 충격이 그들에게 몰려왔다. 드론이 터지면서 둘은 강력한 폭발의 압력에 몇 미터를 날아서 바닥을 나뒹굴었다.

"끄으응."

안술라는 온몸이 아파 왔다.

하지만 일어나야 했다. 이대로 있다가는 후속 공격에 죽을 수도 있으니까.

"일어나! 어서 일어나!"

다행히 좀 더 멀리 있었던 동료가 먼저 일어나 그를 일으켜 세웠다. 그러고는 그를 부축해 함께 동굴로 향했다.

"일단 동료들과 함께 피해……."

하지만 그들은 동굴에 들어갈 수가 없었다.

이미 동굴 입구가 폭삭 무너진 상황이었던 것이다.

"이…… 이게 무슨……."

고작 드론 하나의 공격이라고 볼 수 없는 파괴력.

우연이 아니다.

애초에 드론을 설계할 때 공학자를 이용해서 그런 식으로 폭발의 압력이 퍼지도록 했기 때문이다.

만일 드론이 단순히 터지는 물건이었다면 이들은 절대로 살아남을 수 없었을 것이다.

"이게 무슨……."

중요한 건 동굴이 무너졌다는 거고, 그로 인해 이들은 도망갈 곳조차 없어졌다는 것이다.

"이게……."

잠깐 얼어붙어 있던 두 사람은 퍼뜩 정신을 차렸다.

"다른 곳으로 가자."

"뭐?"

"다른 곳으로 가자고! 이대로 계속 여기에 있을 수는 없잖아."

동료는 안슬라를 부축하면서 서둘렀다.

"다른 곳에 가서 사람을 데리고 오자."

"그래."

안술라도 다급하게 몸을 움직였다.

하지만 만신창이가 된 몸은 두 사람의 생각과 다르게 축축 늘어질 뿐이었다.

⚖️

다음 날 아침, 다른 동굴에 숨어 있던 탈레반이 모여들어서 무너진 동굴 입구를 열기 위해 발악하기 시작했다.

삽에서부터 곡괭이까지 쓸 수 있는 건 다 쓰면서 입구를 열려고 했지만 쉽지가 않았다.

애초에 아프가니스탄은 암반 타입이고, 곡괭이로 무너진 바위를 부수어서 공간을 만드는 건 거의 불가능에 가까웠다.

"어떻게 되어 갑니까?"

모여든 탈레반 전사들을 본 안술라는 다급하게 탈레반 지도자에게 물었다. 나중에 보니 팔이 부러져서, 입구를 열려고 하는 사람들을 도울 수조차 없었다.

"안 열려. 얼마나 무너졌는지도 모르겠고."

그걸 잴 수 있는 과학기술도 없고, 그냥 무작정 파는 수밖에 없는 게 현재 탈레반의 한계였다.

"다른 동료들은요?"

"대부분 안쪽에 살아 있다고 하더군."

"얼마나요?"

"한 이백 명 정도."

"휴~."

그러면 대부분은 죽지 않았다는 거다.

아마 많은 동료들이 생활했을 정도로, 동굴치고는 상당히 큰 편이었기 때문일 것이다.

"가능하면 빨리 열도록 하지. 그나저나 도대체 뭘 어떻게 했기에 동굴이 무너진 거야? 망할 미국 놈들."

탈레반 지도자는 이를 악물었다.

하지만 그의 분노는 오래가지 않았다.

'부우우우욱~!' 특유의 요란한 소리를 내면서 빛줄기가 동료들 사이를 스치고 지나갔으니까.

"미군이다!"

방금 전 떠들던 지도자는 A-10이 쏘는 30밀리 기관포에 당해 삽시간에 걸레짝이 되어서 날아갔고, 직선상에 있던 모든 사람들도 죄다 걸레짝이 되어서 사라졌다.

"미군이다!"

"도망쳐!"

탈레반은 다급하게 도망치기 시작했지만 A-10은 집요하게 그들을 노렸다.

한 번 스치고 지나갈 때마다 수십의 동료가 걸레짝이 되었다.

저항?

애초에 A-10에 저항할 수 있는 건 오로지 맨패즈 시스템 뿐이다. 하지만 사람들의 생각과 다르게 맨패즈 시스템은 미리 준비하는 시간이 오래 걸린다.

그걸 설치하고 냉각시키는 시간이 필요한데, 준비가 되지 않은 상태에서는 아무리 A-10이 저속 항공기라고 해도 사신이나 다름없었다.

그래서 더 무서웠다. 훨씬 천천히 지나가면서 천천히 사냥이 가능하니까.

"크아아악!"

안술라를 도와줬던 동료 역시 30밀리 기관포 아래 시체조차 남기지 못하고 한 줌의 핏물이 되어서 쓰러졌다.

그 참혹한 모습에 탈레반들은 너도나도 도망치기 바빴다.

"구조는 포기해!"

"뭐라고요?"

"미군에 위치가 드러났다! 도망쳐!"

살아남은 간부 한 명이 고래고래 소리를 질렀다.

그러나 그 역시 순식간에 피떡이 되어서 사방으로 육편이 날렸다.

"크윽."

안술라는 이를 악물었다.

그의 말이 맞다. 이미 드러난 위치다.

그리고 이곳에 구조하겠다고 모여 있어 봤자 미군의 먹잇

감이 될 뿐이다.

지금은 A-10 공격기지만 다음번에는 그 빌어먹을 건십일 지도 몰랐다.

"끄아악!"

"살려 줘!"

하지만 도주는 쉽지 않았다.

다른 동굴은 멀었고 차량도 멀었다.

그나마 그 차량도 다른 A-10에 이미 박살 난 건지, 저 아래에서 연기가 올라오는 게 보였다.

안술라는 살고 싶었다. 그래서 무작정 사람들이 없는 곳으로 뛰었다.

사람들이 많으면 최우선으로 노려질 테니까.

"헉헉헉."

바닥을 구르고 온몸이 멍들었다. 부러진 팔을 고정하던 부목도 어디론가 사라졌지만 신경 쓸 틈이 없었다.

"이 정도면……."

그는 나름 멀리 왔다고 생각했다.

하지만 그건 너무나 이른 생각이었다.

인간이 빨라 봤자 비행기보다 빠를 수는 없었다.

부우우욱!

아주 짧은 A-10 특유의 공격 소리.

그리고 그 소리가 끝나기도 전에 30밀리 탄환이 안술라에게 쏟아져 내렸다.

A-10 공격에 이어서 드론이 주변을 싹 정리한 후에 본격적으로 미군이 투입되었다.

물론 굳이 확인하지 않아도 되기는 하지만 신형 무기의 도입인 만큼 상황을 확인하는 건 필수였다.

특히 동굴이 얼마나 무너졌는지 확인해야 나중에 폭발물의 양을 조절할 수 있다.

이번에는 어떻게 될지 몰라서 200킬로그램을 꽉 채웠으니까.

"음……."

앨버트 라이스는 널브러진 시체, 아니 시체라고도 할 수 없는 핏덩어리들을 보며 눈을 찡그렸다.

"현재 확인된 탈레반 사망자는 삼백 명입니다. 그리고 이 안쪽에 이백 명 정도의 탈레반이 더 있는 걸로 추정됩니다."

"그들이 저항할 가능성은?"

"높지 않아 보입니다만, 만일에 대비해 최대한 주의하면서 입구를 확인하고 있습니다."

"무너진 깊이는 얼마나 되나?"

"5미터 정도입니다."

"길지는 않군."

"하지만 인력으로는 파낼 수 없죠."

5미터 길이의 통로가 흙도 아니고 바위로 막혀 있다면 인력으로 파내는 건 불가능하다고 봐도 무방하다.

그나마 미군은 중장비를 동원해서 파낼 수 있지만 말이다.

물론 중장비가 들어올 위치는 아니지만 미국의 헬기들은 그런 중장비들 중 가벼운 물건은 충분히 들어서 옮길 수 있었기에, 내부 상황 확인과 정보 습득을 위해 동굴을 파기 시작했다.

그렇게 몇 시간이나 지났을까?

"열렸습니다."

요란한 소리와 함께 바위가 치워졌고, 기다리고 있던 미군은 혹시 몰라 온몸을 완전히 방탄복으로 가린 채 천천히 동굴 안으로 들어갔다.

"안쪽은 깔끔하네요."

"구조적으로 폭발력이 위로만 올라가는 형태니까요."

그렇다 보니 폭발의 범위는 그리 넓지 않았다.

노형진은 무너진 동굴 안으로 들어가면서 혀를 끌끌 찼다.

"아무래도 폭발물의 양을 줄여야겠네요."

"그래. 아무리 암반 기준으로 터졌다지만 5미터는 너무 깊어."

물론 동굴마다 다르겠지만 대략적인 폭발물 설치 기준을 명확히 정하기 위해서 당분간은 계속 데이터를 쌓아야 한다.

"장군님, 여기로 와 보셔야 할 것 같습니다."

먼저 들어간 미군 장교 중 한 명이 다가와서 앨버트 라이스와 노형진에게 말을 건넸다.

그를 따라 들어가자 피투성이가 되어서 죽어 나자빠진 탈레반 전사들이 보였다.

"어떻게 된 거야? 교전이 있었던 건가?"

그랬을 리가 없다.

그랬다면 아무리 동굴 밖에 있었다 해도 귀에 들렸어야 한다.

"아무래도 마지막 식량과 마약을 가지고 싸운 모양입니다."

"식량과 마약? 식량이 떨어질 정도로 오래 있었던 것도 아니지 않나?"

"그건 그렇습니다만, 식량이 거의 없었던 모양입니다. 보급에 심각한 문제가 생긴 것 같습니다."

"그랬겠지."

실제로 정보부에서는 마이스터에서 아편을 다 구입한 후에 분명 그들에게 재정적인 문제가 생겼을 거라 판단했으니까.

"사실 식량보다는 마약이 문제였던 것 같습니다."

한구석에 있는 놈들에게는 총상이 없었다.

하지만 주변에 나뒹구는 마약용품을 봤을 때 아마도 마약 중독으로 죽은 듯했다.

"남은 마약을 차지하고 용량을 컨트롤하지 못한 모양입니다."

"쯧쯧."

앨버트 라이스는 그 꼴을 보고 혀를 끌끌 찼지만 딱히 불쌍하다는 생각은 하지 않았다.

"아무래도 이 전략이 생각보다 효과적인 모양이군."

"그렇습니다."

무려 오백 명의 탈레반을 아무런 피해도 없이 사살할 수 있었다. 그동안 동굴을 알면서도 별 뾰족한 방법이 없어서 구경만 해야 했던 미군에 있어서 이 케이브 버스터는 정말 쓸 만한 무기였다.

"이제 협상을 하도록 하지. 마음에 드는군."

앨버트 라이스는 미소를 지으면서 노형진에게 말했다.

그런 앨버트 라이스의 말에 노형진은 쓰게 웃을 수밖에 없었다. 자신이 생각해 낸 무기이기는 하지만 쓰러진 탈레반을 보니 기분이 썩 좋지는 않았기 때문이다.

'하지만 더 큰 피해를 막기 위해서는 어쩔 수가 없어.'

이들이 죽인, 그리고 죽일 사람들의 숫자는 이들의 수십 배일 테니까.

"할인은 안 됩니다."

"그딴 거 필요 없어."

노형진의 말에 앨버트 라이스는 단호하게 말했다.

"모든 물건에는 그에 걸맞은 값어치가 있기 마련이니까, 후후후."

수년간 자신을 괴롭히던 문제가 해결된다고 생각해서 그런지 앨버트 라이스의 입가에서는 미소가 떠나질 않았다.

근본을 막아야지

"표정이 똥 씹은 표정이다."

남상진은 대놓고 말했다.

"그 정도냐?"

"그 정도면 그냥 똥도 아니고 한 30일쯤 푹 썩은 똥을 씹은 표정인데?"

"후우~."

남상진은 노형진의 사람은 아니지만 최소한 무기 협상에 관해서는 노형진보다 낫다.

특히나 케이브 버스터 같은 신무기는 아예 가격 형성 자체가 안 되어 있기 때문에 그걸 결정하는 게 중요하다.

처음에 너무 싸게 공급하면 완전히 똥값이 되는 거고, 반대로 너무 비싸게 공급하면 아예 사 가지 않으니까.

그래서 이번에는 남상진에게 거래를 맡겨 둔 상황이었다.

이번에 동행한 것도 그 때문이었다.

"왜 그래? 시체 때문에 그러냐?"

"어떻게 안 거야?"

"뭐, 대부분 비슷한 반응이거든."

물론 노형진이 시체를 처음 본 건 아니다.

하지만 전쟁으로 인한 시체, 그것도 500구 가까이 되는 걸 보니 기분이 좋을 수가 없었다.

더군다나 그 안에 자신의 기여분이 있다는 사실은 딱히 좋은 기분이 들게 하지 않았다.

물론 탈레반이 살아 있어 봐야 강간에 인신매매에 마약이나 파는 사회악이라는 사실은 안다.

말로는 이슬람을 공부하는 학생이라면서 정작 이슬람 경전도 제대로 읽지 않는 놈들이니까.

하지만 그것과 별개로 사람이 죽는 것에 눈도 깜짝하지 않으면 그게 비정상적인 일이다.

"그냥 뭐, 기분이 찝찝해. 너도 알다시피 말이지."

"뭔 소리인지 알아."

그 말에 남상진은 별일 아니라는 듯 어깨를 으쓱했다.

"그런데 이건 전쟁이야. 그놈들이 아니면 네가 죽어. 아니, 너만 죽겠냐? 그놈들이 수천 명은 죽일 거야."

"알지. 아는데, 좀 그러네."

"어차피 파키스탄에서 넘어올 놈들은 많아. 네가 오백 명쯤 죽였다고 해도 그 자리는 금방 파키스탄에서 넘어온 탈레반 오백 명이 메꿀걸."

"파키스탄이라……. 하긴, 거기가 이번에는 만악의 근원이지."

파키스탄.

외부적으로는 미국을 돕고 있지만 은밀하게 탈레반을 도와주는 나라.

아니, 도와주는 걸 넘어서 사실상 파키스탄의 대부분의 땅은 탈레반이 지배한다.

"파키스탄 놈들은 그 사실을 알면서도 왜 그 지랄인 건지."

"현실이 그렇잖아. 브라질은 뭐, 갱단이 문제가 되는 걸 몰라서 해결 못하겠냐?"

"그것도 그러네."

현재 파키스탄의 상황을 보면 가관이다.

탈레반이 파키스탄에서 반기를 든 지방 권력층이 아니라 반대로 파키스탄 정부가 탈레반의 지방정부라고 해도 될 만큼 몰려 있다.

사실상 파키스탄의 국토 90% 이상이 탈레반의 지배를 받고 있는데, 이는 파키스탄의 수도를 제외한 대부분의 지역이라고 봐도 과언이 아니다.

사실상 파키스탄 정부가 한국의 서울특별시 정도의 자치 정부가 된 셈이다.

　　"파키스탄 정부도 병신 짓을 한 거지."

　　그들은 탈레반을 키워서 그들을 통해 아프가니스탄을 꿀꺽 삼키려 했었다.

　　하지만 아프가니스탄을 미국 때문에 못 먹고 있자 정작 그들이 탈레반에게 잡아먹히고 있었다.

　　"이제 와서 탈레반에 대한 지원을 끊어 버리면 파키스탄은 내전이야."

　　"세력에서 게임이 돼?"

　　"당연히 보통은 안 되겠지. 하지만 생각해 봐. 아프가니스탄 정부군은 힘이 있어서 버티냐?"

　　"하긴."

　　"말이 내전이지 파키스탄 뒤에는 중국 정부가 있다고."

　　파키스탄 정부는 친중 정책으로 유명하다.

　　그들은 인도와 사사건건 대립하면서 종종 국지전도 하는데, 그 이유가 중국의 사주를 받았기 때문이라는 것은 딱히 비밀도 아니었다.

　　"파키스탄에서 내전이 터지면 그때는 제2의 아프가니스탄이 되는 거야."

　　중국의 지원을 받은 파키스탄 정부는 공습과 포격으로 상대방을 제압하려고 하겠지만, 파키스탄의 탈레반은 지금 아프가니스탄 탈레반처럼 동굴 속에 숨어서 끊임없이 게릴라 전을 펼칠 거다.

"그래서 파키스탄 정부도 울며 겨자 먹기로 지원해 주는 거지."

마음 같아서는 지원을 끊어 버리고 싶겠지만 그랬다가는 진짜 내전이 벌어질 테니까.

그리고 파키스탄 정부는 자신들이 아프가니스탄 꼴 나는 걸 극도로 싫어한다.

"중국 입장에서도 모른 척할 수가 없는 게, 파키스탄 정부는 친중이지만 탈레반은 반중이거든."

실제로 아프가니스탄과 파키스탄의 탈레반은 중국을 상대로 끊임없이 테러를 비롯한 무력 투쟁을 하고 있는 중이다.

신장위구르가 강력하게 통제되고 있어서 알려지지 않았을 뿐이지, 그곳에서 테러는 심심치 않게 벌어지는 상황.

"자폭도 참 화려하게 하네."

"그게 문제야. 꼭 멍청이들이 자폭하고 나서는 이를 박박 간다니까."

그래 놓고는 해결도 못해서 난리 법석을 떨고 있다.

"웃기지 않냐? 자기들이 아프가니스탄 먹겠다고 탈레반을 만들고는 해결도 못하면서 계속 똥만 싸지르고 있으니."

당장 인도와의 분쟁도 그렇다.

자국 내에서 사실상 전 지역을 점령하고 있는 탈레반은 컨트롤 못하면서 정작 인도에는 싸움을 걸고 끊임없이 분쟁을 야기한다.

물론 이해는 한다.

그도 그럴 게, 그들은 중국의 지원이 절대적으로 필요하기 때문이다.

중국의 지원이 없으면 파키스탄은 버틸 수가 없다.

중국 역시 파키스탄 정부가 없으면 저 지긋지긋한 탈레반 놈들과 1 : 1 영혼의 한타를 쳐야 한다.

지지야 않겠지만 그들의 방식을 보면 겁나게 더럽고 겁나게 추잡한 싸움이 될 것은 불 보듯 뻔한 일.

"그리고 그렇게 받은 중국의 지원으로 탈레반을 지원하지."

"아니, 이게 뭔 병신 같은 짓이야."

미국도 중국도, 탈레반이라면 치를 떤다.

그래서 파키스탄 정부가 무너지는 걸 막기 위해 지원해 주고, 파키스탄은 그 돈으로 탈레반을 지원하고, 탈레반은 그 돈으로 아프가니스탄의 탈레반을 지원한다.

"그러니까 웃긴 거야."

자기 돈으로 자기 목줄을 조이면서 남을 죽이겠다고 고래고래 소리를 지르는 꼴밖에 안 되는 거다.

"문제는 이 모든 게 현실적인 문제가 원인이라는 거지."

회귀 전 미국이 아프가니스탄에서 철수한 것은 단순히 돈이 아까워서가 아니다.

그 가장 큰 이유 중 하나는 아프가니스탄에 미군을 계속 주둔시키면 계속 파키스탄에 돈을 줘야 하는데, 정작 파키스탄은 그 돈으로 탈레반을 유지하기 때문이다.

"그 흐름을 끊어 버리는 게 중요한데 말이지. 정치란 게 그렇잖아."

그걸 섣불리 끊어 버릴 수는 없다.

"너도 알겠지만 파키스탄에는 핵이 있어."

비공식적이지만 파키스탄에는 핵이 있다.

만일 그게 탈레반에 넘어간다? 그건 인류 최악의 핵 테러로 연결될 거다.

"그걸 쓰면 파키스탄에 핵미사일이 떨어질 텐데?"

"탈레반이 신경 쓸 놈들이냐?"

"하긴."

그놈들은 자기들이 죽으면 일흔두 명의 처녀가 기다리는 천국으로 간다고 생각하는 미친놈들이다.

그러니까 자기들에게 핵이 떨어지든 말든, 핵을 손에 넣으면 바로 서구 열강에 쏴 댈 거다.

"더군다나 파키스탄에서 가진 핵이 어디 한두 개여야지."

정확한 숫자는 알 수 없지만 대략 이백쉰 개 이상의 핵을 가지고 있다고 보는 게 일반적인 시각이다.

만일 전 세계 이백쉰 개의 도시에 핵이 터진다?

그 정도면 전 세계가 방사능으로 오염될 거다.

당연히 그걸로 인류 멸망 확정이다.

"물론 탈레반은 그걸 생각할 리가 없고 말이지."

"맞아."

탈레반은 이슬람 문명이 아니면 싹 다 죽여도 상관없다고 생각한다.

도리어 싹 다 죽이고 자기들도 죽으면 자기들은 천국으로 간다고 생각하기에 이백쉰 개의 핵을 터트리는 데 주저함이 없을 거다.

꼬이고 꼬여서 이제는 완전히 개판이 되어 버린 상황에 국제적 질서는 생각보다 혼잡스러웠다.

"네가 생각하는 것처럼 아주 간단하게 해결할 수 있으면 얼마나 좋겠어."

"내가 간단하게 해결하는 것 같아?"

"하긴, 그건 또 그렇다."

노형진의 말에 남상진은 고개를 끄덕거렸다.

복잡한 문제를 해결하는 것만큼은 노형진이 타고났으니까.

"파키스탄이라…… 흠."

그 말에 노형진은 고민하다가 물었다.

"그러면 만일 파키스탄 정부가 탈레반과 손절하면 어때?"

"그게 안 된다니까. 그러면 빼박 제2의 아프가니스탄이야."

"아니, 정확하게는 그렇게 보이기만 하면 된다는 거지."

"응?"

"파키스탄 정부에서 더 이상 지원해 주는 게 위험한 정도를 넘어서 아예 탈레반이 자신들을 전복하려고 한다는 생각이 들게 생각하자는 거지."

그 말에 남상진이 어이없는 표정으로 노형진을 쳐다보았다.

"그게 가능하겠냐? ISI가 절대로 가만있지 않을걸."

"ISI?"

"파키스탄 정보국. 사실상 탈레반의 핵심이야."

"뭐?"

그건 또 처음 들어 보는 말이었기 때문에 노형진은 기겁했다.

"핵심이라니?"

"애초에 탈레반을 만든 게 ISI라는 말이 있어. 그게 정설이고. 당연히 지금 파키스탄 정부에서 탈레반 지원을 해 주는 가장 큰 세력이 ISI지."

"얼씨구? 그걸 파키스탄 정부는 그냥 두고 있고?"

"정확하게는 아예 통제 불가라니까. 옛날에 미국에서 FBI가 통제 불가된 적이 있지?"

"아, 그거 알지."

"그때보다 더해. 말이 파키스탄 정보부지 사실상 파키스탄의 제2의 정부라고 봐도 과언이 아니야."

그 말에 노형진은 눈을 찡그렸다.

실제로 국정원이 한국에서 그 짓거리를 하고 싶어서 설치다가 노형진의 방해로 실패했으니까.

하지만 정보국은 그럴 만한 힘을 가진 곳이 많고, 실제로 그런 시도를 하는 곳이 한둘이 아니다.

미국도 그 지랄이 나는데 파키스탄같이 제대로 시스템이 굴러가지 않는 나라에서 그런 일이 일어나지 않으리라는 법은 없다.

"중요한 건 ISI는 전 세계에서 가장 골치 아픈 집단이라는 거지. 그놈들만 없어도 탈레반으로 흘러가는 돈의 80%는 줄어들걸."

탈레반에 들어가는 자금을 세탁하고 물자 거래를 지원해 준 건 대부분 ISI라는 거다.

"그렇단 말이지."

그때 노형진은 머릿속에서 무언가가 스치고 지나는 걸 느꼈다.

"그러면 파키스탄이 무너지면 ISI는 어떻게 되는 거야?"

"죄다 죽겠지."

"탈레반을 밀어준 게 ISI라면서."

"그렇기는 한데 탈레반이 그걸 신경이나 쓰겠냐?"

ISI가 탈레반을 밀어주는 건 사실이지만 그 사실을 아는 건 탈레반 수뇌부에서도 극히 일부뿐이다.

정보 업계에서는 딱히 비밀도 아니지만, 무식하기 이를 데 없는 탈레반 일반 전사들은 그걸 모를 거다.

그런 상황에서 탈레반 수뇌부가 세속 정부인 파키스탄과

손잡고 지원받았다는 것을 알게 된다면 그 권력에 도전하는 놈이 생길지도 모른다.

"그걸 막기 위해서라도 탈레반 정부는 ISI를 살려 둘 수 없어."

"흠, 그렇단 말이지."

노형진은 문득 좋은 생각이 들었다.

"파키스탄을 한번 흔들어 볼까?"

"야, 지금까지 뭘 들은 거야? 파키스탄 놈들을 무너트리면 안 된다니까!"

무너트리는 순간 정말로 핵 테러가 벌어질 수도 있다.

"알아. 그러니까 흔들 거야, 무너트리는 게 아니라."

"흔드는 걸로는 탈레반에 대한 지원을 끊을 수가 없다니까."

"알아. 하지만 그건 뭐, 자기들이 알아서 할 문제지."

노형진은 어깨를 으쓱했다.

"내 목적은 아프가니스탄에 대한 지원을 끊는 거야."

"그게 가능하겠어?"

"불가능한 건 아니지. 약간의 정치적 말장난만 한다면, 후후후."

⚖

파키스탄은 정치적으로도, 그리고 군사적으로도 그다지 힘이 있는 나라가 아니다. 오히려 가난하고 못사는 전형적인 나라다.

하지만 그럼에도 세계적으로 인지도는 있다.

왜냐하면 강대국 중 하나인 인도와 사사건건 부딪치기 때문이다.

물론 인도가 작심하고 밀어 버리려고 들면 진짜 순식간에 밀어 버릴 수 있는 나라다.

그럼에도 파키스탄이 버틸 수 있는 건 그들이 가지고 있는 핵 때문이다.

애초에 파키스탄은 이렇게 못살던 나라는 아니었다.

하지만 인도를 견제해야 하는데 자신들의 무력으로는 불가능함을 알고 무리해서 핵을 개발했고, 결국 전 세계의 경제제재 끝에 폭삭 망하다시피 했다.

그러자 먹고살기 힘들어진 파키스탄에서 탈레반이 급격히 세를 불리기 시작했다.

그놈들은 범죄 집단이라 불법적인 암시장이나 마약 거래 등을 통해 최소한의 식량과 필수품을 조달할 수 있었으니까.

그게 ISI가 탈레반에 대한 통제력을 잃어버리는 원인이 되어 버렸다.

그렇게 커진 탈레반은 미국을 대상으로 전쟁을 벌였고, 파키스탄은 울며 겨자 먹기로 끌려가면서 그들을 지원해 줘야 하는 상황.

그리고 파키스탄은 자기들이 먹고살기 힘들어지자 어떻게

해서든 살아남기 위해 핵기술을 팔아먹기 시작했는데, 그걸 사 간 게 다름 아닌 북한이었다.

즉, 이 모든 게 파키스탄이라는 작은 나라에서 시작되어서 마치 나비효과처럼 전 세계를 강타한 거다.

"그러니까 그 원점으로 돌아가자 이건가?"

"맞습니다."

"그래서 파키스탄을 무너트리자고? 그건 절대 안 될 말이야."

앨버트 라이스는 딱 선을 그었다.

"파키스탄은 일단 국제적인 인정을 받은 정부야. 거기에 우리가 무작정 들어갈 수는 없네. 그리고 아프가니스탄도 머리가 아파 죽겠는데 파키스탄에서 또 전쟁을 하라고?"

절대로 미국이 거기에 끌려 들어갈 리가 없다. 그 마이스터가 아무리 애원한다고 해도 말이다.

"물론 저도 그럴 생각은 없습니다. 하지만 말 한마디가 많은 걸 바꾸죠."

"무슨 말인가?"

"파키스탄의 주요 세력은 아쉽지만 파키스탄 정부가 아닙니다."

만일 파키스탄 정부가 진짜 주요 세력이었다면 의외로 탈레반 문제 해결은 쉬웠을 거다.

미국이 진득하게 압박하면 파키스탄 정부는 어쩔 수 없이 아프가니스탄 탈레반에 대한 지원을 끊었을 테고, 자연히 아프가니스탄 탈레반은 고사했을 테니까.

하지만 파키스탄은 자기들이 망하지 않기 위해 탈레반을 지원할 수밖에 없는 상황이다.

"그러니까 차라리 구분하자는 거죠. 최소한 파키스탄 정부는 그렇게 느끼게 하자는 겁니다."

"뭔 소리야?"

"파키스탄 탈레반 정부를 인정하는 듯한 반응을 보여 주는 겁니다."

"뭐라고? 그게 말이나 된다고 생각해?"

탈레반 정부는 인정할 수가 없다. 인정해서도 안 된다.

그들은 단순히 정치적 입장이 다른 반군 세력이 아니다.

실제로 단순히 정치적 입장이 다른 반군 세력이 승리한 나라도 인정받는 건 거의 불가능하다.

역사적으로도 아프가니스탄이 탈레반에 넘어간 후에 그들을 인정한 나라는 오로지 중국뿐이다.

그마저도 중국도 공식적으로 인정한 것은 아니고, 모른 척해 줄 테니까 우리와 좋은 관계를 유지하자는 것에 가까웠다.

중국 입장에서는 아프가니스탄의 탈레반이 신장위구르 지역으로 넘어와서 테러를 일으키는 건 용납할 수 없었기 때문이다.

"절대로 인정할 수 없네."

"압니다. 하지만 다른 나라는 이야기가 다를걸요."

이것이 법이다

"다른 나라?"

"인도 말입니다."

"인도? 그 새끼들이 왜 인정을 해?"

"정확하게는 인정하라는 게 아닙니다. 그런 포지션을 취하라는 거죠."

인도는 파키스탄과 앙숙이다. 앙숙일 수밖에 없다.

서로 영토 문제로 싸운 적도 있고, 파키스탄은 인도 하나만을 노리고 핵미사일을 100기나 만들었다.

그리고 인도 입장에서는 그것만 믿고 온갖 갑질을 하면서 터무니없는 요구를 하는 게 파키스탄이다.

진짜 핵전쟁이 발발할 가능성 때문에 전면전을 못 할 뿐이지, 인도는 파키스탄을 두들겨 패고 싶은 마음이 한가득일 거다.

"만일 인도에서 파키스탄에 있는 탈레반과 협상하겠다고 나서면 어떻게 될까요?"

"그쪽에서 정부 인정에 대한 가능성을 언급한다는 건가?"

"네."

"그렇게 된다면…….."

그 말에 앨버트 라이스는 한참 생각에 빠졌다.

인정하는 것도 아니고 그저 인정하는 척한다라. 그렇게 된다면…….

"파키스탄은 눈깔이 돌아가겠지."

"그럼 전쟁이 벌어질까요?"

"아니, 그러기는 힘들어."

정식으로 정부를 인정한다는 것도 아니고 단순히 인도 정부에서 탈레반 정부를 정식으로 인정하는 문제에 대하여 전향적으로 생각한다는 수준으로 말한다면 그건 침략도 아니다.

그냥 언제나 인도와 파키스탄 사이에서 오가는 분노에 찬 개소리일 뿐이지.

"하지만 기존에 있던 개소리보다는 반향이 훨씬 강하겠죠."

"그렇겠지."

"그리고 탈레반 내부에서는 그런 인도 측의 말에 어떻게 반응할까요?"

"당연히······. 하긴, 그렇군."

탈레반의 궁극적인 꿈이 뭔가? 이슬람 국가의 건설이다.

최소한 일반 하급 전사들에게는 그렇게 말하고 있다.

하급 전사들에게 '그냥 돈 좀 뜯어내고 싶어서 테러한다.'라고 하면 누구도 따라오지 않을 테니까.

"파키스탄 탈레반은 좋든 싫든 인도와 전향적인 입장에서 자리를 만들어야 합니다."

그리고 탈레반이라고 다 같은 탈레반인 것은 아니다.

모든 테러 조직이 그렇듯 탈레반에도 수많은 파벌이 있는데, 특히 파키스탄 내부의 탈레반은 부족으로도 구분된다.

그렇다 보니 일부가 거부한다고 해도 일부는 찬성할 거다.

그런 그들이 합의하에 통합 대표를 뽑아서 보낼까?

'그럴 리가 없지.'

당연히 자기들끼리 자기들 파벌의 독립 및 협상 대표를 뽑아서 보낼 거다.

실제로 일부 부족은 진심으로 파키스탄에서 독립하고 싶어 하니까.

아무도 인정하지 않는 것과 그래도 인정하는 나라가 하나라도 있는 건 국제 세계에서의 입장이 전혀 다르다.

하물며 인도는 전 세계에서도 강대국으로 인정받는 나라다.

그런 나라가 독립을 인정한다는 건 하나의 국가로서 정치적, 외교적 활동이 가능하다는 거다.

그리고 인도 입장에서는 자신들의 가장 큰 적인 파키스탄의 등 뒤에 칼이 될 수 있는 존재들을 심어 두는 행위가 된다.

막대한 무기를 지원한다면 그들은 얼마든지 파키스탄의 등에 칼을 꽂아 넣을 수 있을 테니까.

"파키스탄 입장에서는 미치고 팔짝 뛸 노릇이겠군."

이미 파키스탄 영토의 60% 이상이 탈레반의 손아귀에 들어가 있다. 그리고 20%는 탈레반과 파키스탄 정부가 혼란스러운 상황에서 주도권 경쟁 중이다.

파키스탄 정부가 명확하게 지배권을 가지고 있는 지역은 잘해 봐야 20% 수준.

"핵은 어디 있죠?"

"핵은 당연히 파키스탄 정부가 확고하게 지배하고 있는 지역에 있지."

"미국의 주요 거점은요?"

"당연히 파키스탄 정부의 지배권 안에 있지. 탈레반 영역 권에 들어가 봐야 우리만 피곤하니까."

이야기를 들으면서 앨버트 라이스는 왠지 소름이 돋았다.

"무슨 뜻인지 알겠어."

파키스탄을 전부 지킬 필요는 없다. 미국 입장에서 파키스 탄 정부에 필요한 건 오로지 보급 체계뿐이다.

"파키스탄을 탈레반에서 지키는 게 아니라, 필요 없는 지 역을 파키스탄에서 분리시키자는 거군."

"물론 진짜로 그러자는 건 아닙니다."

"그래?"

"하지만 그 자체로도 파키스탄은 똥줄이 탈 겁니다."

그들이 온갖 욕을 먹고 미국과 전 세계에서 경제제재를 당 하면서도 핵을 만든 이유가 뭔가?

바로 자신들의 영토를 지키기 위해서가 아닌가?

그런데 자기들이 키운 탈레반에 오히려 영토를 빼앗긴다?

아마 그것만큼 어이없고 환장할 노릇이 없을 거다.

"이야기가 나온 이상 ISI는 무조건 탈레반의 지원을 끊어 버리겠군."

"맞습니다. 제가 노리는 게 그거죠."

아무리 ISI가 아프가니스탄에 욕심을 부린다고 해도, 그래서 나라가 어떻게 되든 개의치 않고 탈레반을 지원한다고 해도 결국 그들은 파키스탄이라는 나라의 제도권 안에 존재하는 놈들이다.

파키스탄이 무너지면 그들은 갈 곳은커녕 목숨도 부지하기 어렵게 된다.

"그런데 웃긴 건, 반대로 파키스탄에 존재하게 되면 ISI는 반역 세력이 되는 거죠."

왜냐하면 탈레반은 대놓고 독립하려는 것처럼 보이니까.

어느 쪽이든 ISI는 탈레반에 대한 지원을 끊어야 한다.

"확실히 그놈들이 머리 아프긴 하지."

온갖 무기와 식량 그리고 군사용품과 석유 등을 유통하기 위해 중재해 주는 게 ISI다.

그들이 사라지면 그렇잖아도 재정적으로 쪼들리는 탈레반은 더더욱 쪼그라들 수밖에 없다.

"미국 입장에서는 손해 볼 게 없죠."

지금도 미국은 아프가니스탄에 대한 공급을 모두 비행기로 하고 있다.

애초에 인도에서 독립 관련 협상 끝에 실제로 인정한다고 할지라도 미국이 인정하지 않으면 그만이고, 파키스탄은 비행기로 지나가면 그만이다.

"그리고 탈레반은 비행기를 격추시키지는 못할 겁니다."

"그렇지."

지금도 탈레반은 미국이라면 못 죽여서 안달이다.

하지만 사실상 자기네 점령지 위를 미국의 비행기가 날아가도 어쩔 방법이 없다.

일단 고고도에서 날아가는 미국의 비행기를 어떻게 할 수 있는 무기가 없다.

맨패즈 시스템은 제한 고도가 상당히 낮으니까.

더군다나 중국이나 러시아가 고고도 수송기를 격추할 수 있는 걸 준다고 해도 가지고 올 방법도 없거니와, 가져와도 미국에서 한 번만 당하면 그다음부터는 레이더 추적 미사일로 모조리 박살을 내 버릴 거다.

"우리 입장에서는 문제가 없다 이거군."

"네. 뭐, 인도에서 개소리하는 거야 하루 이틀 일도 아니고요."

인도와 파키스탄의 사이가 워낙 좋지 않아서, 다른 나라들은 이번 발언 역시 서로 염장질을 한 정도로 생각할 거다.

"재미있군."

무기 한 발 안 쏘고 ISI의 탈레반 지원을 끊어 버릴 수 있는 방법이었다.

앨버트 라이스는 눈을 반짝거렸다.

'이걸 수십 년 동안 해결 못 했는데 말이지.'

파키스탄과 이를 악물고 싸우지 못해서 안달인 인도라면 분명히 받아들일 거라는 걸, 앨버트 라이스는 직감적으로 알 수 있었다.

"바로 상부에 이야기해 보지. 이거 이야기가 아주 재미있게 흘러가겠어, 후후후."

⚖️

인도 총리는 미국의 제안을 기꺼이 받아들였다.

물론 파키스탄에서는 거칠게 항의하겠지만, 어차피 서로 뚝배기를 깨던 사이다.

농담이 아니라 진짜로 철기시대인 양 냉병기로 서로 병사들의 뚝배기를 깨면서 싸웠다.

서로 간의 감정이 너무 상해서 무기를 쓰면 전면전으로 번질 수도 있는 상황이기에 국경의 병사들이 화기 대신 쇠 파이프와 못을 박은 나뭇가지 등으로 싸웠기 때문이다.

어차피 서로 국교도 다르고 협상의 여지도 없는 게 인도와 파키스탄 사이다.

그런데 이게 성공한다면 파키스탄의 세력은 팍 쪼그라들 테고, 실패해도 바뀌는 게 없는 싸움이라면 인도에서 거절할 이유가 없다.

그래서 인도 총리는 노형진의 예상보다 훨씬 빠르게 해당 발표를 방송에서 대놓고 해 버렸다.

–우리는 파키스탄에 있는 탈레반 정부와 협상을 통해 독립국가임을 인정할 용의가 있다.

다른 나라들은 탈레반의 나라라는 것에 대해 우려를 나타냈지만 딱 그 정도였다.

탈레반의 나라를 실제로 인정한 것도 아니고 그저 전향적인 입장에서 이야기나 나눠 보고 싶다는 수준의 의견 표명일 뿐인데, 그에 대해 항의해 봐야 내정간섭이 될 뿐이니까.

더군다나 탈레반의 본질을 알고 있는 다른 나라들은 인도가 인정할 리가 없다고 생각하고 있었고, 설사 인정한다 해도 다른 나라가 모두 인정하지 않으면 자기들에게 아무런 영향도 미치지 않았으니까.

물론 진짜로 파키스탄이 무너지는 건 곤란하지만, 이야기 한 번에 파키스탄이 무너질 리는 없었다.

당연하게도 이 발표로 난리가 난 건 오로지 파키스탄뿐이었다.

"아니, 이게 무슨 말도 안 되는 소리야! 탈레반 독립? 독립? 지금 누구 마음대로 탈레반 독립이야!"

파키스탄 대통령 아사리 조비는 분노로 미쳐서 펄펄 뛰었다.

"이놈들이 전쟁이라도 하자는 거야 뭐야!"

"각하, 진정하십시오. 이걸로 전쟁을 할 수는 없습니다."

말뿐인 이야기이고, 그걸로 선빵을 치면 불리해지는 건 파키스탄이다.

"먼저 핵을 날릴 게 아니라면 우리는 인도를 못 이깁니다, 각하."

심지어 국방부 장관조차도 이렇게 말하고 있었다.

"지금 그게 국방부 장관이 할 말이오!"

"하지만 현실입니다. 우리가 인도에 싸움을 걸 수는 없습니다."

"이겨야 할 거 아냐!"

"우리 파키스탄군은 각하의 명령만 있다면 목숨을 바쳐서 그들을 격멸하려 할 것입니다. 하지만 우리가 그들을 격멸하기 위해 싸우는 것과, 그들과 싸워서 이기는 건 전혀 다른 문제입니다."

무기의 화력도, 인구도, 경제력도 사실상 파키스탄은 인도와 싸움이 안 된다.

"징집령을 내릴 수도 없습니다."

파키스탄 군대의 숫자가 적은 것은 아니다.

하지만 주변에 적이 너무 많다.

그리고 그중에서도 가장 큰 문제는 영토의 대부분을 점령하고 있는 탈레반 반군이다.

"만일 진짜로 우리가 전쟁에 들어간다면 인도에서는 그 즉시 그들의 독립을 인정할 겁니다."

그리고 어마어마한 숫자의 무기를 탈레반 반군에 지원하

기 시작할 거다.

그렇게 되면 파키스탄은 인도와 탈레반을 모두 상대해야 하는데, 현재의 상황을 보면 그건 양쪽을 상대하는 게 아니라 사실상 포위된 꼴밖에 안 된다.

"우리는 인도군을 이길 수 없습니다."

"젠장!"

아사리 조비도 사실 알고 있다.

자신들이 인도와 계속 국지전을 벌이는 이유도, 전면전으로는 이길 자신이 없기 때문이다.

인도가 자신들에게 저항하는 반군을 몰래 지원하는 것도 알고 있다.

그러나 이길 수가 없어서. 전면전으로는 답이 없어서 모른 척할 뿐이다.

그런 상황이니 핵으로 선제공격할 게 아니라면 싸울 수는 없다.

물론 핵으로 선제공격하면 그날로 파키스탄이라는 나라가 사라질 테니 그것도 불가능하다.

"도대체 뭔 짓이야, 이놈들은!"

"우리를 압박하기 위해서인 것 같습니다."

"누가 그걸 몰라서 묻나!"

안다. 지금 아사리 조비가 원하는 건 그런 뻔한 대답이 아니라 지킬 수 있는 방법이었다.

"현실적으로…… 힘듭니다."

단순히 숫자만 문제가 아니다. 질에서도 밀린다.

인도가 성장하면서 그들은 무기의 질을 엄청나게 높였는데, 파키스탄은 아니니까.

당장 지난 국경분쟁에서도 자신들이 제대로 힘도 써 보지 못하고 처발렸다.

파키스탄과 인도의 국경분쟁에서 인도는 한국에서 수입한 K9 자주포로, 파키스탄은 중국에서 수입한 SH-15 자주포로 싸웠다.

무려 3 대 1이 넘는 불리한 싸움이었는데도 정작 박살 난 건 인도가 아닌 파키스탄이었다.

문제는 이게 파키스탄군의 현실이라는 거다.

대부분의 무기가 성능을 확신할 수 없는 중국산인데, 그마저도 인도에 밀리는 상황.

"탈레반 내부 상황은 어때?"

아사리 조비는 시선을 돌려서 한구석에 있는 남자에게 물었다.

그는 ISI, 즉 파키스탄 정보국의 수장이었다.

아무리 탈레반이 파키스탄 정보국의 통제에서 벗어났다 해도 최소한의 선은 남아 있기에 정보를 알 수 있는 건 그가 유일했다.

"좋지 않습니다."

남자는 떨떠름한 얼굴로 말했다.

"내부에서는 독립하자는 주장이 강하게 나오고 있습니다."

"그럼 상부에서 통제해야 할 거 아니야!"

"그게 문제입니다. 아무리 상부에서 통제하려 해도 그게 통제될 만한 성향의 일이 아닌지라."

실제로 탈레반의 수장들은 탈레반 하위 전사들에게 이슬람 국가의 건설을 약속해 왔다. 그리고 지금이 그걸 이룰 수 있는 기회였다.

심지어 인도는 다른 이슬람 국가들과의 사이가 그리 나쁘지도 않다.

운이 좋다면 건국 이후에 인도의 지원을 받을 수 있을지도 모른다는 기대감.

그 기대감에, 탈레반의 하위 전사들은 협상을 기대하고 있었다.

"그리고 아시겠지만 이놈들이 워낙 꼴통이라서."

농담이 아니라 진짜로 그렇다.

탈레반의 머릿속에는 오로지 단 하나, 이슬람 세계의 완성만이 들어 있을 뿐이다.

그런데 수뇌부가 합리적인 이유도 없이 이슬람 국가 독립을 거부한다?

극단적인 일부 이슬람 전사들은 그들을 죽여 버릴 수도 있다.

실제로 알려지지 않았을 뿐 탈레반 내부에서 《코란》의 해석에 따른 차이 문제로 서로 죽이는 건 상당히 흔한 일이다.

하지만 그건 보통 하위 전사들 사이에서 벌어진다.

사실 상위 탈레반은 이슬람과는 전혀 상관없이 오로지 자신의 권력만을 위해 싸우는 경우가 대부분이었기 때문이다.

"정확하게 말해. 정확하게."

"반반입니다."

절반은 인도의 함정이라면서 거절하자고 하는 상황이지만, 절반은 독립의 기회가 왔다면서 당장 협상단을 꾸려서 인도로 보내야 한다는 입장이라고 한다.

"돌겠네."

아마도 그 독립을 원하는 작자들은 소수 부족 출신의 탈레반일 가능성이 크다.

문제는 그걸 무시할 수는 없다는 거다.

그들을 무시하면 탈레반이 반으로 쪼개질 테니까.

그리고 탈레반은 반으로 쪼개지면 서로 이를 악물고 싸울 놈들이지 데면데면하게 지내지는 않을 거다.

당장 탈레반과 IS는 서로 못 죽여서 안달이다.

왜냐하면 똑같이 이슬람 기반 테러 단체이지만 이슬람 경전인 《코란》에 대한 해석의 문제로 싸웠기 때문이다.

물론 그건 외부적인 이유고, 현실적인 이유는 서로 이권을 누가 먹느냐의 문제이지만 말이다.

"결과적으로 탈레반 내부에서 독립의 의사가 나오는 것을 막을 수는 없다?"

"네. 애초에 탈레반의 발생의 통치 이념이 그거니까요. 이슬람 국가의 완성. 그나마 반대파가 버티는 것도 이슬람 국가의 독립에 반대해서가 아닙니다."

그들이 반대하는 이유는 외세에 기대어서는 참된 독립을 쟁취할 수 없으며, 오로지 우리의 무력과 피로만 독립을 쟁취해야 한다는 것이다.

"그런데 문제는 도리어 그쪽입니다."

"그쪽?"

"외세에 기대는 걸 반대하는 세력 말입니다."

"그놈들이 왜?"

"그들 내부의 일부 세력이 대대적인 성전을 요구하고 있습니다."

그 말에 아사리 조비는 소름이 돋았다.

성전. 이 성전이라는 게 뭔지 모르는 바는 아니다.

사실 지금 탈레반은 미국을 대상으로 성전 중이다.

그런데 다시 미국에 성전을 선포할 이유는 없다.

그렇다면 남은 건 한 곳.

"설마, 우리를 노리는 거야?"

"그게……."

ISI의 수장은 한참을 망설인 끝에 결국 어쩔 수 없다는 듯 고개를 끄덕거렸다.

"아니, 미친! 왜?"

"아시겠지만 이미 파키스탄의 영토 대부분이 그들의 지배를 받고 있습니다."

다만 파키스탄 정부가 뒤에서 슬금슬금 지원해 주고 있기에 탈레반 입장에서는 파키스탄 정부의 지원이 쏠쏠해서 그냥 살려 주는 수준인 것뿐이다.

"하지만 그걸 아는 건 최상위의 일부 지도자들뿐입니다."

다른 탈레반 전사들에게 있어서 파키스탄 정부는 정복의 대상이자 성전의 대상이다.

그들의 목적은 파키스탄의 일부를 가지고 독립해서 이슬람 국가를 세우는 게 아니라 파키스탄 정부 전체를 뒤집어서 파키스탄에 이슬람 국가를 세우는 것이다.

이 차이는 상당히 크기 때문에 두 집단이 서로 대립 중이라는 것.

"어느 쪽이든 개판이잖아!"

"그게……."

"야, 이 미친 새끼야! 컨트롤할 수 있다며!"

"그건 전임자……."

"뭔 전임자 핑계야! 탈레반 새끼들이 활개 치고 다닌 게 한두 해 일이냐? 벌써 수십 년이야! 그런데 늘 통제할 수 있다고 한 건 너희들이야!"

더 심각한 것은 이들이 둘로 나뉘어 싸우는 가장 큰 이유가 케이크 위의 딸기를 지금 먹느냐, 나중에 먹느냐 하는 문제와 다름없다는 점이다.

그도 그럴 것이, 지금 파키스탄 정부를 뒤집어 버리든가 아니면 일단 국가의 형태를 갖춘 후에 파키스탄을 공격해서 흡수해 버리든가의 차이일 뿐이니까.

"어느 쪽이든 우리는 좆 된 거 아니야!"

그렇다. 아무리 파키스탄이 노력해도 현재 탈레반의 세력은 이길 수 없다.

물론 아직은 전쟁 중이 아니기에 파키스탄의 정부군이나 경찰 병력이 탈레반 점령지에서 공격당하지는 않는다.

하지만 그건 어디까지나 탈레반의 심기를 건드리지 않는 선에서 활동했을 때의 이야기다.

만일 탈레반의 심기를 건드리면, 정부군이고 경찰이고 그냥 모조리 끌려가서 참수될 거다.

"미친."

아사리 조비는 숨이 턱턱 막혔다.

인도에서 헛소리한 게 한두 번이 아니지만 이번 헛소리가 가장 아프게 다가왔다.

"일단 인도 쪽에 협상을 제안해 봐."

"네?"

"아니, 그러면 진짜로 여기서 인도랑 개판으로 싸워 볼래?"

그럴 수는 없다. 자존심을 챙기기에는 이번 싸움이 너무

불리하다.

"우리가 항의한다고 하면 인도 놈들은 더더욱 탈레반 놈들을 인정하겠다고 설칠 거야."

그간의 역사를 돌이켜보면 인도는 평화를 위해 파키스탄에 종종 손을 내밀기도 했다.

정확하게는 '사이좋게 지내자.'라는 느낌보다는 '이쯤 하고 적당히 무시하면서 지내자.'라고 말하는 수준이었지만, 어찌되었건 대부분 손을 내민 건 인도였다.

총리의 취임식에 파키스탄 대통령을 초청하기도 하고, 반대로 아사리 조비가 대통령이 되었을 때 인도 총리가 직접 축전을 보내기도 했다.

심지어 파키스탄과 인도는 전쟁과 별개로 민간인의 왕래는 제법 있는 편이었다.

사이가 나쁜 걸로 치면 거의 한국과 북한 수준이고 실제로 포격전을 주고받을 정도지만, 정작 두 나라의 국민들은 가족을 만나기 위해 또는 사업을 위해 왕래하는 편이었다.

다만 파키스탄이 자존심 때문에 선빵을 치면서 대부분의 화해 시도가 실패했다는 게 문제지만 말이다.

"이번에는 방법이 없어."

"하지만……."

"국방부 장관 너, 죽고 싶어?"

아사리 조비가 죽인다는 게 아니라, 정말로 탈레반이 독립을 선포하게 되면 파키스탄은 개판이 될 거다.

이미 확실하게 점령한 지역은 자기들이 먹을 테고 영향력이 애매한 지역도 자기들이 먹으려고 할 테니, 파키스탄 입장에서는 군을 동원하지 않으면 결국 무너지고 말 거다.

이걸 막는 방법은 단 하나, 인도가 그냥 대화를 포기하면 된다.

간단한 문제이지만 간단하지 않다.

결국 아쉬운 건 파키스탄이었다.

어차피 인도도 탈레반을 인정하고 싶지는 않을 거다. 탈레반이 미친놈인 걸 모르는 것은 탈레반뿐이니까.

"망할."

아사리 조비의 이빨이 뿌드득 갈렸다.

하지만 그들이 살아남을 방법은 하나뿐이었다.

이제 마무리 지어 볼까?

　인도와 파키스탄의 대화는 은밀하게 그리고 빠르게 이루어졌다.

　사실 인도도 굳이 국제사회에서 안 좋은 소리를 듣는 탈레반을 독립국가로 인정해 주고 싶은 생각은 없었다.

　인정해 주면 파키스탄에야 엿 먹일 수 있겠지만, 그 순간부터 탈레반이 마치 바퀴벌레처럼 퍼지면서 이슬람 국가를 모조리 개판으로 만들 것이기 때문이다.

　그래서 그 둘의 협상은 아주 간단했다.

　첫째, 일체의 적대 행위를 멈춘다. 이는 서로 영토 분쟁 중인 카슈미르문제에 대한 것도 포함된다.

둘째, 각각 서로 은밀하게 지원하던 각국의 반군에 대한 지원을 멈춘다.

그 외 몇 가지 조건이 더 있었지만 그래도 어느 정도 양측이 합의하는 선에서 정리가 되었다.

그렇게 협상을 마치고 온 아사리 조비는 ISI의 수장을 불렀다.

"이제 어쩔 건가?"

"네?"

"탈레반에 대한 지원 말이야. 그거 어떻게 할 건가?"

"그거야……."

그 말에 그는 할 말이 없었다.

그도 그럴 게 자신도 해결책이 없었으니까.

"대통령 각하, 아시겠지만 저희가 지원을 끊으면 탈레반 놈들은 군을 일으킬 겁니다."

지금 탈레반이 파키스탄을 건드리지 않는 이유는 아직까지 파키스탄이 쓸 만하다고 생각해서였다.

그렇지 않았다면 뒤집어도 벌써 뒤집었을 놈들이다.

"우리 파키스탄군이 그렇게 약한가?"

"그건 아닙니다만……."

파키스탄군은 숫자만 55만 명이다.

옆에 있는 인도가 괴물 같은 거지 주변에서 보면 절대로

약한 부대는 아니었다.

"하지만 탈레반의 전투 방식을 보면 저희가 어떻게 할 수가 없지 않습니까?"

"크윽."

진짜로 병력으로 밀어붙인다면 그때는 이기겠지만, 그건 곧 가장 피하고 싶었던 내전을 의미한다.

미국도 그 어마어마한 피해 때문에 비명을 지르면서 아프가니스탄에서 벗어나려고 하는데, 하물며 파키스탄이 과연 버틸 수 있을까?

그럴 리가 없다.

그 정도 돈을 전비로 쓰면 국가가 전복되고 말 것이다.

더군다나 파키스탄은 부패했을지언정 민주주의국가다. 독재국가처럼 때려잡을 수도 없다.

그런 짓을 하면 도리어 국민들은 탈레반에 붙을 거다.

"그러면 어쩌란 말이야?"

"그게…… 어쩌면 마이스터라면 방법이 있을지도 모릅니다."

"마이스터?"

"정보에 따르면 아프가니스탄의 문제를 해결하고 있는 게 마이스터라고 하더군요. 실제로 아프가니스탄의 탈레반 세력이 엄청나게 쪼그라들었답니다."

"마이스터라……."

분명 미국 기업이다. 친중 정책을 쓰는 파키스탄 입장에서는 반갑지 않은 놈들이다.

하지만 돈을 쓰지 않고 해결할 수 있다면 나쁠 것은 없었다.

"물어봐, 혹시 방법이 있는지."

노형진은 당혹감을 감출 수가 없었다.

왜냐하면 파키스탄에서 자신에게 도움을 요청할 줄은 몰랐던 것이다.

물론 대부분의 행동을 예측하고 대응하는 게 노형진의 방식이기는 하지만, 서방보다는 중국에 기대고 있는 파키스탄이 미국계 기업인 마이스터에 도움을 요청할 거라고는 생각도 못 했다.

그런데 은밀한 파키스탄의 요청에 앨버트 라이스가 직접 한국을 찾아올 줄이야.

"예상했나?"

"아니요. 전혀요. 솔직히…… 파키스탄은 친중 정책을 펼치지 않습니까?"

단순히 중국과 친한 정도를 넘어서, 필요하다면 중국을 위해 대리전도 각오하는 게 바로 파키스탄이다.

경제가 박살 나고 전 국토의 90%를 사실상 탈레반이 지배하는데도 불구하고 경제 투자보다는 군사력에 투자하고 인도가 종종 화해의 제스처를 취해도 거기에 엿을 먹이는 것도 중국의 오더를 받아서라는 이야기가 많았다.

"사실 당연하다면 당연한 거지."

군사적으로 보면 약하다고 생각하기 쉬운 게 파키스탄이지만 현재 파키스탄군의 병력은 육군만 무려 55만이다. 한국과 거의 비슷한 규모인 셈.

물론 그들이 다 정예 강군은 아니긴 하다.

사실 그들의 주력은 재래 전력보다는 핵전력이라고 봐야 한다.

국운을 걸고 핵을 개발해서 국제 제재 때문에 국가 경제가 박살 난 상황인데도 불구하고 현재 파키스탄의 국방비의 3분의 1은 매년 핵을 관리하는 데 들어간다.

그게 터지면 다른 핵폭탄도 연쇄 폭발할 가능성이 큰 데다가 그랬다가는 진짜 인류가 위험하니까.

그렇다고 전국으로 퍼트리기에는, 이미 영토의 대부분을 탈레반이 점령한 상태라 다른 곳으로 배치한다는 것 자체가 탈레반에 핵을 준다는 소리와 별반 다르지 않았다.

"현재 파키스탄은 중국의 지원이 없으면 사실상 무너질 수밖에 없네."

그나마 중국은 인도와 사이가 좋지 않은 파키스탄을 이용해서 인도에서의 압박을 컨트롤하고 싶은 거다.

순망치한. 입술이 없으면 잇몸이 시리다.

이게 중국의 주요 핵심 전략 중 하나다.

중국이 북한에 막대한 원조를 하는 이유도 북한이 예뻐서라기보다는 북한이라는 방패막이를 통해 한국군, 정확하게는 미군의 압박을 직접적으로 받지 않기 위해서인 것처럼 파키스탄 역시 그런 목적으로 중국에 이용되는 셈이다.

"하지만 이번에는 중국에서도 도움을 거절한 모양이야."

"그럴 겁니다. 뭐, 이해는 가네요."

미국도 대책 없이 처발려서 빠져나가고 싶어 슬슬 눈치를 보는 게 바로 이런 동굴 지형에서의 게릴라전술이다.

만일 탈레반과 직접 싸우게 되면 머리가 이만저만 아픈 게 아닐 테니 중국은 도움을 줄 리가 없다.

상식적으로 자기를 보호하기 위해 파키스탄을 방패로 삼고 있는데 방패를 지키기 위해 자기들이 나설 리가 없지 않은가?

더군다나 전면전도 아니고 인명을 갈아 넣든가 돈을 갈아 넣어야 하는 동굴 속 게릴라전이라니.

물론 중국에서 인명을 아까워하지는 않겠지만 정치적으로는 부담스러울 수밖에 없고, 중국의 성향상 인명을 갈아 넣을 거라면 차라리 파키스탄을 통째로 집어삼키는 걸 선호할 거다.

"그러니까 미국을 통해 자네에게 도움을 요청한 거야."

"제가 아니라 마이스터겠지요."

"그건 그렇지."

상황이 틀어져 약점이 잡힌 파키스탄은 결국 탈레반에 지원을 끊을 수밖에 없다.

탈레반이 존재하는 이상 인도에서는 탈레반이라는 카드를 언제든지 꺼내서 흔들 수 있으니까.

물론 그런 짓을 계속할 수는 없지만 최소한 가장 결정적인 순간, 즉 둘 중 하나가 끝장을 봐야 하는 시점에서는 쓸 만한 카드다.

예를 들어 인도가 직접 공격하지 않고 탈레반을 국가로 인정하고 무기를 지원해 준다고 치자. 그러면 그걸 막기 위해 파키스탄은 재래식 전력을 소비해야만 한다.

만일 못 막는다? 그러면 둘 중 하나를 선택해야 한다.

망하든가, 아니면 자국민에게 핵을 쏘든가.

둘 다 최악의 막장 카드지만 그중에서도 후자는 쓸 수 없으니 사실상 전자만 가능하다.

그렇게 파키스탄이 망하고 들어선 탈레반 정권은 최소한 인도와는 좋은 관계를 유지할 테고, 인도 입장에서는 가장 골치 아픈 적을 피 한 방울 흘리지 않고 무너트릴 수 있게 되는 거다.

"그러니까 파키스탄 입장에서는 손실도 보지 않고 탈레반을 건드리지도 않으면서 문제를 해결하고 싶다 이거군요."

"맞아."

"양심은 어따 팔아먹었답니까?"

애초에 탈레반을 만든 것이 ISI라는 소문이 있고 그게 정설이다. 심지어 그들을 이용해서 아프가니스탄을 집어삼키려고 했다.

그리고 미국을 도와주는 동시에 미국이 준 돈으로 탈레반에 무기며 식량이며 공급해 준 건 다름 아닌 파키스탄이다.

그런데 이제 와서 자기들이 싼 똥을 치우는 데 힘드니까 싼 가격에 도와 달라니.

"어떻게, 가능하겠나?"

"글쎄요. 굳이…… 도와줄 생각은 없습니다만."

사실 아프가니스탄도 머리란 머리는 다 굴려 가면서 최소한의 피해로 최대한의 이득을 만들어 낸 거다.

그나마 아프가니스탄은 자기들이 원해서 이 지랄 난 것도 아니다.

그에 반해 파키스탄은 처음부터 끝까지 자기들이 싸지른 똥 아닌가?

"그래도 좋게 생각하게나. 미국 입장에서는 이참에 도와주면 싶네만."

"왜요? 굳이요?"

"결국 정리되지 않으면 이들의 세력이 어디까지 커질지 모르니까. IS에서의 문제가 있지 않았나?"

"끄응."

실제로 이라크 정부를 무너트린 후에 미국은 제대로 된 정권을 세우고 IS를 박멸해 낼 기회가 있었다.

　하지만 그들은 그렇게 하지 못했고, 그 결과 IS가 전 세계적으로 골칫덩어리가 되어서 이라크전보다 더 많은 돈을 들이게 되었다.

　"파키스탄도 마찬가지야."

　파키스탄이 무너지지만 않으면 된다고 생각할 수도 있겠지만 최악의 상황이 있을 수도 있고, 무엇보다 미국은 그걸 감당할 자신이 없었다.

　최소한 IS는 핵폭탄이라도 없었다.

　하지만 파키스탄은 핵보유국이다.

　"일이 이렇게 될 줄은 몰랐는데."

　"그리고 이참에 파키스탄이 중국과 손절 하게 하려는 것도 목적이고."

　이미 중국은 파키스탄의 도움 요청을 거절했다. 그러면 파키스탄에 남은 건 미국뿐이다.

　다른 나라에서는 도와줄 리가 없으니까.

　물론 미국 돈으로 군사력을 지원해 주는 거라면 난색을 표명할 거다.

　"하지만 자네는 아니지."

　"마이스터를 밀어 넣으시려고요?"

　"그럴 리가 있나. 우리가 원하는 건 자네의 지혜라네."

십수 년 동안 해결하지 못하던 아프가니스탄 문제를 해결한 게 바로 노형진이다.

　그러니 다른 지혜가 있지 않을까 하는 작은 기대감.

　"그래서 우리가 자네 고용 비용을 후하게 쳐주기로 했네."

　"파키스탄이 아니고요?"

　"우리 편은 많을수록 좋지."

　이참에 파키스탄에 은혜를 입혀 두면 그들은 중국과 미국 사이에서 최소한 균형은 유지해야 하고, 그 자체로도 미국은 중국을 견제하기 쉬워진다.

　앨버트 라이스의 말에 노형진은 결심한 듯 고개를 끄덕였다.

　"알겠습니다."

　"그래서 방법이 있나?"

　"없다면 거짓말이겠지요. 물론 그걸 파키스탄이 받아들이느냐는 또 다른 문제겠지만."

⚖️

　노형진은 은밀하게 파키스탄으로 향했다.

　그럴 수밖에 없는 게, 중국이 알면 어떻게 해서든 죽이고 싶어 할 테니까.

　하지만 파키스탄은 자국 내에서 그런 사태가 벌어지는 걸 원하지 않을 테니 조용히 움직이는 것 말고는 방법이 없었다.

"반갑소. 아사리 조비요."

"노형진이라고 합니다."

"뭐, 다 알고 왔을 테니 돌려서 말하지 않겠소. 우리가 원하는 건 탈레반을 해결하는 거요."

"오래 걸릴 겁니다."

"10년이 걸리든 100년이 걸리든 상관없소. 전쟁 없이 그들을 박멸할 수만 있다면 말이지."

처음에 탈레반을 만든 놈들은 그들을 비대칭 전력으로 써서 다른 나라를 집어삼키려고 했었다.

사실 이게 현 파키스탄 정부의 잘못이라고 보기도 애매하기는 하다.

그 전에는 독재 정권이었고, 그들이 원하는 바를 위해 탈레반을 만든 거니까.

엄밀하게 말하면 현 정권은 정권이 바뀌면서 넘어온 탈레반이라는 폭탄을 계속 관리하는 데 실패한 것뿐이다.

"탈레반의 자세한 정보는 없나요?"

"대략적인 정보는 있지만."

이미 ISI의 통제에서 벗어난 탈레반의 정확한 정보를 얻어내는 것은 사실상 불가능했다.

그래도 최소한 주요 라인에 대해서는 알아낼 수 있었다.

"이게 주요 집결지요. 우리가 알아낸 건 이 정도지. 그리고 이게 아프가니스탄으로의 주요 병력 및 물자 이동로고."

확실히 그동안 미국을 괴롭혀 오던 자료였고, 이 정도면 아프가니스탄에 있는 탈레반의 세력을 줄이는 게 가능하기는 하다.

"뭐, 일단은 이걸 기반으로 보급로를 공격하면 세력이 많이 줄겠네요."

"하지만 그건 우리 문제가 아니지."

보급로가 드러났다는 걸 알면 탈레반은 시간이 걸리더라도 보급로를 바꿀 거다.

그리고 그걸 파키스탄에 넘겨줄 가능성은 전혀 없다고 봐도 무방하다.

"우리가 원하는 건 탈레반의 힘을 빼면서도 우리와 적대하지 않을 방법이야."

만일 적대한다는 게 알려지면 파키스탄의 탈레반은 바로 총부리를 파키스탄 정부로 돌릴 것이다.

"일단 가장 먼저 할 일은 마약의 유통을 막는 겁니다."

"그러니까 그런 짓을 하면 우리를 공격한다니까."

"물론 그렇죠. 하지만 다른 방법이 있습니다."

"다른 방법?"

"바로 교육이죠."

교육이라는 건 사람들의 생각을 확장시킨다. 그리고 위정자들은 교육을 끔찍하게도 싫어한다.

돈이 없어서 공부를 못 시킨다? 절대 아니다.

개인이 아닌 국가 입장에서는 반대로 그들을 교육시키지 않으려 하는 게 일반적이다.

왜냐하면 그래야 국민이 멍청해지고, 그래야 국민을 이용하기 쉽기 때문이다.

'그것도 양날의 칼이지만.'

만일 국민이 멍청한데 더 강한 장악력을 가진 존재, 가령 탈레반 같은 존재가 생겨난다면 지금 같은 일이 벌어지는 거다.

"교육을 통해 국민들을 계몽하는 거죠."

"그건 너무 오래 걸려. 그것보다는 더 빠르고 효율적인 방법이 필요하오."

아사리 조비는 떨떠름한 얼굴로 말했다.

'내 이럴 줄 알았다.'

애초에 교육이 가장 효과가 좋지만, 동시에 파키스탄에서 받아들일 가능성이 가장 낮은 방법 중 하나가 바로 교육이다.

시간은 둘째 치고, 교육의 수준이 높아지면 높은 확률로 민주주의를 요구하기 때문이다.

아이러니하게도 그걸 성공적으로 보여 준 게 한국이다.

한국의 교육열은 정부에서도 유도했던 거다. 그때는 교육이 민주주의를 퍼트릴 거라는 생각을 못 했으니까.

하지만 국민의 지식이 늘어나고 시선이 넓어지면 민주주의를 요구한다는 걸 어느 곳보다 빠르게 보여 준 게 한국이었고, 그 후로 이런 국가들은 교육이라면 질색했다.

'아무리 파키스탄이라고 해도 말이지.'

파키스탄이 현재는 민주국가이지만 부패의 영향은 어마어마해서, 중간에 해 처먹는 비중이 진짜 하늘을 찌를 정도로 높다.

그런데 국민들의 교육 수준이 높아지면 그 짓을 더는 못 해 먹는다.

"다른 방법은 없나?"

"다른 방법이 있기는 합니다."

사실 교육은 가장 좋은 방법이기는 하지만 동시에 파키스탄 정부에서 거절당할 거라는 걸 알고 있던 방법이다.

"먹는 걸 통제하는 겁니다."

"먹는 걸 통제한다고?"

"네."

"지금 우리보고 망하라는 건가!"

물론 파키스탄은 먹고살기 힘든 나라가 맞다.

그랬기에 다들 하루 벌어서 하루 먹고사는 게 급급한 상황이다.

그리고 그러한 상황이 사람들이 탈레반에 가입하는 가장 큰 원인 중 하나다.

그런데 먹는 걸 통제하라니?

"아니요. 정확하게는 먹는 걸 빼앗으라는 게 아닙니다. 반대로, 주라는 겁니다."

"뭐?"

"탈레반에 가입하는 이유가 뭡니까?"

"그거야……."

"먹고사는 문제죠."

최소한 하루에 난 하나라도 주기 때문에 그걸 받고자 탈레반에 가입하는 놈들이 많다.

하지만 애초에 고작 난 하나에 인생과 목숨을 거는 게 비상식적인 일이다.

그러나 실제로 그러한 비상식적인 상황에 처해 있으니 그런 선택을 할 수밖에 없는 것이다.

"공장을 만들어서 공급한다든가 하는 건 어떨까?"

"글쎄요. 그게 가능할까요? 이런 말씀을 드리기는 죄송합니다만, 파키스탄의 문화는 좀 곤란하지 않습니까?"

"곤란하다니?"

"남자는 노동을 안 하지 않습니까?"

"그게……."

"그게 이 모든 문제의 핵심 중 하나죠."

사람들이 잘 모르는 것 중 하나가 바로 파키스탄 남자의 노동력에 관한 것이다.

어딜 가나 노동이라는 것은 가족을 건사하고 또 자산을 증식시키는 가장 일반적인 행동 중 하나다. 그건 결코 나쁜 게 아니다.

하지만 일부 이슬람문화권에는 남자는 결코 일을 해서는 안 된다는 마인드가 여전히 남아 있다.

마치 한국에서 옛날에 남자는 부엌에 들어가면 고추가 떨어진다는 말이 있었던 것처럼, 딱히 종교적인 이유나 생존의 이유가 있는 게 아니었다.

그저 단순한 자존심의 문제였을 뿐이고, 결국 무력을 누가 가지고 있느냐의 문제였을 뿐이다.

파키스탄에서 온 수많은 외국인 노동자들이 한국에서 많은 돈을 벌어서 가족을 건사하고 부자가 되지만, 그보다 훨씬 많은 수십 배의 사람들이 집에서 놀면서 남자는 노동해서는 안 된다는 식으로 군다.

남자는 물담배나 피우고 까트나 먹으면서 시간을 때우다가 결정적인 순간에 목숨을 내놓고 싸울 준비를 해야 한다는, 거의 신석기만도 못한 마인드로 활동하는 것이다.

사실 이 까트에 대한 문제도 웃긴 게, 까트도 마약이긴 하지만 환각 또는 통증 완화를 목적으로 시작되어서 중독되어 가는 다른 마약과는 달리 배고픔을 해소시켜 주는 성분이 들어 있어서 씹는 경우가 많다는 거다.

즉 먹을 게 없으니 까트를 씹고, 까트를 씹다 보니 마약에 중독되어서 일을 못 해 식량을 못 사는 악순환이 벌어진다는 것.

더군다나 이 까트는 정신 질환을 유발한다.

탈레반 같은 놈들이 미친놈인 게 지형적인 부분이나 사회적인 부분도 무시 못 하지만 이 까트도 무시 못 할 원인 중 하나다.

즉, 하루 종일 마약을 씹으며 해롱거리는, 반쯤 미친 마약 중독자들이 탈레반이라는 소리다.

"공장을 만든다고 해서 과연 탈레반이 돌아오겠습니까?"

"끄응."

그들에게 노동은 더럽고 천한 것이며 목숨을 건 투쟁이야말로 신성한 것으로 여겨진다.

애초에 이슬람 전사로 죽으면 일흔두 명의 처녀가 기다린다는 논리 자체가 제정신이 아닌 거지만 그걸 믿고 충성하는 게 그들이다.

그런 그들에게 공장을 만들어 준다 한들 최선을 다해서 노동하고 가족을 먹여 살리려고 할까?

'그럴 리가 없지.'

그들은 탈레반이 된 순간부터 가족보다는 종교가 우선인 작자들이다.

중국이 파키스탄에 공장이나 기타 시설을 만들라고 설득을 안 했을까?

했다. 하지만 파키스탄은 실패했다.

그런 문화를 어떻게 해결하지 못했기 때문이다.

결과적으로 파키스탄의 가난은 온갖 복잡한 문화가 뒤섞인 결과다.

"그러면 어쩌란 말인가?"

"난을 정부에서 공급하는 겁니다."

"난? 빵을?"

"네. 최소한의 식량을 파키스탄 정부에서 공급한다면 그들이 굳이 탈레반에 기댈 이유가 없습니다."

생존할 수 있다면 굳이 탈레반이 주는 마약 파는 돈에 기댈 이유가 없다.

이는 상당히 큰 차이를 불러일으킨다.

파키스탄에서 난의 가격은 그다지 비싸지 않다.

한국의 식당에서 공깃밥 천 원이 국룰인 것처럼 난도 일정 이상의 가격은 못 받는다.

왜냐하면 국민들의 생활필수품이니까.

"아무리 탈레반이라 해도 그걸 거부하지는 못할 겁니다. 그렇잖아도 탈레반은 자금이 쪼들리고 있으니까요."

"호오?"

누군가 그랬다, 식량을 지배하는 자가 세상을 지배한다고.

"공산주의식 배급이다 이건가?"

"공산주의식 배급이라고 볼 수는 없죠. 그리고 그러기 위해서 가장 중요한 건 바로 밀의 독점입니다."

"밀의 독점?"

"파키스탄의 식량은 대부분 외부에서 들어옵니다."

파키스탄은 토지 자체가 척박하고 또 구조적으로 농사를

짓기 좋은 유형이 아니다. 대부분의 땅이 암석층 기반이니까.

그렇다 보니 파키스탄은 외부에서 엄청난 양의 식량을 구입해야 한다.

그리고 그 주요 수입 통로는 사실상 중국이다.

"그리고 중국은 탈레반에 식량을 공급하는 걸 싫어하죠."

즉, 중국 핑계를 대고 적당하게 탈레반에 가는 밀과 기타 식량을 통제하면서, 그 대신 그렇게 확보한 식량을 뿌려 국민들을 이쪽으로 끌어들이라는 거다.

"결국 탈레반의 주력은 게릴라들입니다."

그들은 전면전을 할 능력이 안 된다.

파키스탄은 인도보다는 약하다지만 인도와의 전면전을 상정하고 군대를 키우는 나라다. 당연히 전면전에서는 탈레반을 압살할 수 있다.

"그리고 이런 말이 있죠. 게릴라전에서 게릴라가 물고기라면 그들 영역에 있는 민간인들은 물이라고."

그들이 탈레반을 도와줄수록 결국 탈레반의 세력은 강해질 수밖에 없다.

결과적으로 탈레반은 그 힘을 이용해서 이곳을 압박할 거다.

"물고기를 잡기 힘들면 저수지의 물을 빼면 됩니다."

탈레반에 돈을 주는 게 아니라 그 돈으로 그 바탕이 되는 사람을 빼낸다면 그들은 자연적으로 고사할 수밖에 없다.

"그리고 탈레반의 성향상 그들은 약탈을 하지 포섭은 안

하니까요."

결과적으로 탈레반은 주변에 대해 약탈 작전을 해야 할 거다.

그리고 그렇게 되면 탈레반을 피해서 국민들이 더더욱 이쪽으로 쏠릴 테고, 그러면 탈레반은 쪼그라들 수밖에 없다.

밥조차 주지 못하는 집단에 충성을 다하는 사람은 없으니까.

"역사적으로도 그 방법은 제법 성공했죠."

실제로 이 방법을 쓴 건 다름 아닌 한국이었다.

베트남전 당시에 미군의 기본 작전은 수색 격멸이었고 한국은 지역 방어를 통한 지역민 보호였다.

그리고 미국은 실패했지만 한국은 성공했고, 나중에 미국도 결국 한국을 따라 그러한 지역 방어를 하면서 대전략을 바꾸게 된다.

"흠, 빵이라……."

"어차피 난을 만들 수 있는 공장은 한정적이니까요."

난은 기본적으로 어디서든 만들 수 있다.

항아리 형태의 화덕에 숯을 넣고 공기를 데워서 구워 내니까.

하지만 그건 비효율적이다.

일단 가족이 먹는 걸 구워 내기 위해 화로를 데우는 건 나무나 가스 등을 구하기 힘든 파키스탄에서는 상당히 번잡한 일이다.

항아리를 데우는 것도 힘든데 자기들이 먹을 걸 다 만들었다고 식게 놔둘 수도 없으니까.

그래서 대부분의 난은 그걸 구워서 파는 가게에서만 만든다.

"그걸 허가제로 돌려라?"

"네. 그리고 그에 따른 밀가루와 연료의 공급만 통제한다면 충분히 컨트롤이 가능합니다."

노형진의 설명에 아사리 조비는 큰 관심을 가졌다.

"그 정도면 가능할지도 모르겠군."

"가능할지도 모르죠."

노형진은 그 이상은 말하지 않았다.

⚖️

"자네가 봤을 때 성공하겠나?"

앨버트 라이스의 말에 노형진은 고개를 흔들었다.

"실패할 겁니다."

"역시나?"

"네. 가장 중요한 건 부패의 컨트롤이니까요."

하지만 아사리 조비는 절대로 부패를 컨트롤할 생각이 없어 보였다.

당장 당사자인 그 자신부터가 부패의 핵심이니 어찌 보면 당연한 일.

"수많은 나라가 개혁을 시도하죠. 하지만 내부 컨트롤을 하지 않은 상황에서의 개혁은 의미가 없습니다."

식량 통제? 그거야 부패한 놈들이 슬쩍 허가를 내주면 그
만이다.

그리고 파키스탄은 그걸 통제하려는 열정적인 자세가 안
되어 있었다.

"다른 방법은 없고?"

"없습니다. 정확하게는, 의미가 없죠. 한국에 이런 말이
있습니다, 백약이 무효하다고."

아무리 좋은 약을 가져다줘도 본인이 먹을 생각을 안 한다
면 소용없다는 뜻이다.

노형진이 파키스탄에 막대한 돈을 들이부어도 파키스탄은
탈레반을 줄이고 싶은 거지 자신들의 부패한 세력을 줄이고
싶은 게 아니다.

문제는 그게 완전히 다른 건 아니라는 거다.

탈레반이 있으면 부패는 계속되고, 부패가 계속되면 탈레
반이 줄어들 리가 없다.

"결국 파키스탄은 답이 없다 이거군."

"맞습니다."

노형진은 인정할 수밖에 없었다.

"이건 제가 어쩔 수 있는 일이 아닙니다."

아프가니스탄이야 미국이 사실상 통제하고 있고 그들은
개혁 의지가 강하며 부패한 놈들을 쫓아냈으니까 그나마 방
법이 먹히겠지만, 파키스탄은 전혀 아니다.

파키스탄 내부에서 제대로 민주화 운동이라도 일어난다면 모르지만, 그런 일이 터지면 그 틈을 타서 탈레반이 전 지역을 집어삼킬 거다.

"아무래도 참 씁쓸한 일이군."

"네, 참 씁쓸한 일이지요."

노형진은 머리를 긁적거렸다.

"그나저나 자네 덕분에 아프가니스탄이 많이 안정되고 있어. 이참에 정식으로 우리 참모부에 들어오는 게 어떤가?"

앨버트 라이스의 말에 노형진은 고개를 흔들었다.

"그럴 수는 없습니다. 저는 민간인이니까요. 그리고 돌아가서 해결할 일도 있고요."

"그래? 뭔데?"

"글쎄요. 이혼 사건이기는 한데……."

노형진은 머리를 긁적거렸다.

"이건 탈출 사건이라고 봐야 할지도 모르겠네요."

다음 권으로 이어집니다

꿈의 도약, 로크에서 하십시오
(주)로크미디어에서 신인 작가를 모십니다

즐거운 세상, 로크미디어는 꿈을 사랑하고 도전을 두려워하지 않는 작가 분들의 참신한 작품을 기다리고 있습니다. 21세기 장르 문학계를 이끌어 갈 차세대 선두 주자 (주)로크미디어에서 여러분의 나래를 활짝 펴 보시길 바랍니다.

모집 분야 판타지와 무협을 포함한 장르 문학
모집 대상 아마추어 작가, 인터넷 작가
모집 기한 수시 모집
작품 접수 시 유의사항
   1. 파일명은 작가명_작품명.hwp형식을 갖춰 주십시오.
   1. 파일에 들어갈 내용은 다음과 같습니다.
      ― 성명(필명인 경우 실명을 밝혀 주세요), 연락처, 이메일 주소
      ― 제목, 기획 의도
      ― A4용지 1장 분량의 등장인물 소개
      ― A4용지 2장 분량의 전체 줄거리
      ― 본문
   1. 작품이 인터넷에 연재되고 있다면, 게시판명과 사이트의 구체적이고 정확한 주소를 기재해 주십시오.

선택된 작품은 정식 계약 후 출판물로 간행되어 전국 서점에 유통됩니다.
작가 분은 (주)로크미디어의 전폭적인 지원하에 전속 작가로 활동하시게 됩니다.
※ 자세한 내용은 로크미디어 홈페이지(rokmedia.com)를 참조하세요.

(04167)서울시 마포구 마포대로 45 일진빌딩 6층
(주)로크미디어 편집부 신간 기획 담당자 앞
전화 : 02) 3273-5135
www.rokmedia.com   이메일 : rokmedia@empas.com